MW00909984

CONTES
D'AFRIQUE

Les contes figurant dans la présente édition ont déjà paru aux éditions du Seuil dans les ouvrages suivants : *L'Arbre à soleils, L'Arbre aux trésors, L'Arbre d'amour et de sagesse.*

© Éditions du Seuil, 1999
ISBN : 2-02-030702-2
N° 30702-6
Dépôt légal : septembre 1999
Tous droits de reproduction réservés
www.seuil.com

HENRI GOUGAUD

CONTES D'AFRIQUE

ILLUSTRÉ PAR MARC DANIAU

SEUIL

Mamourou
et le Djinn

C'est une histoire de bons voisins. Elle commence à la lisière de l'obscure forêt bruissante de singes et de cris d'oiseaux, dans le champ d'un paysan nommé Mamourou. Au milieu de ce champ, se dresse un baobab immense, magnifique, majestueux comme un vieux roi géant. Mamourou aime à se reposer dans son ombre, à l'heure accablante de midi. Ce jour-là, comme tous les jours, il somnole donc, les yeux mi-clos, les mains croisées sur son ventre, bercé par le grincement des insectes dans l'herbe et la brise qui fait bouger la lumière entre les branches du grand arbre. Or, tout soudain, il sursaute : une voix retentit au-dessus de sa tête. Il se dresse, les yeux écarquillés. Il ne voit personne mais entend ces paroles, dites avec une ferme bienveillance :

– Enfants, je vous interdis d'aller voler du mil dans le champ de Mamourou. Mamourou n'est pas un djinn, certes, il n'est qu'un homme, mais il fut comme nous créé par Dieu, et ne possède guère. Nous n'avons pas le droit de le priver de son bien. Si nous n'avons rien à manger, nous nous contenterons du lait de notre chèvre. Chacun doit vivre de ce qu'il a.

La voix se tait. La brise revient dans les branches feuillues, et les bruits menus dans l'herbe. Mamourou n'ose bouger. « Une famille de djinns habite mon baobab, se dit-il, quelle merveille ! » Il sourit. « Est-il possible que ces puissants Esprits soient plus pauvres que je ne suis ? » Il reste pensif sous le vaste feuillage jusqu'à ce que son cœur s'apaise, puis il reprend sa bêche et se remet à son travail, le dos courbé au plein soleil. Le soir venu, avant de retourner à son village de huttes rondes, il dépose au pied de son arbre un panier de grains de mil. Le lendemain matin, il le retrouve vide. Il travaille ce jour-là avec un contentement subtil. Au crépuscule, à nouveau, il emplit son panier d'offrandes, dans l'ombre douce. Ainsi nourrit-il tous les jours les djinns nécessiteux, jusqu'à la prochaine récolte.

Le lendemain de la moisson commence la saison sèche. Sériba, le fils de Mamourou, part pour la ville en quête de travail. Au fond d'une ruelle tortueuse et mal-odorante, le jeune homme trouve refuge dans une cabane de planches et de tôle rouillée. Il vit là et s'éreinte en travaux misérables, le temps que passent les mois arides. Dès qu'il voit les premiers nuages de la saison des pluies monter dans le ciel, il noue son baluchon et s'apprête à quitter sa masure. À l'instant où il en franchit le seuil, un jeune homme inconnu apparaît devant lui, la main tendue, le visage illuminé par un sourire franc. Il dit, avant que Sériba ait eu le temps d'ouvrir la bouche :

– Je sais que tu reviens chez nous. Que la chance t'accompagne ! Puis-je te confier ce petit sac d'argent et te demander de le remettre à mon père ?

– Je te rendrais volontiers ce service, répond Sériba tout étonné, si je connaissais ton village et le nom de ta famille. Or, je les ignore.

– C'est vrai, dit l'autre riant à belles dents. J'oubliais : je suis le fils du djinn qui habite le vieux baobab, dans le champ de ton père. Prends cette boîte de poudre. Dès que tu parviendras dans l'ombre de l'arbre, tu en déposeras une pincée sur ta langue et tu te retrouveras aussitôt devant la porte de notre mai-son. Un énorme chien jaune se précipitera sur toi. Ne te préoccupe pas de lui. Va droit vers le vieillard que tu verras au milieu de la cour. Donne-lui ce sac. Donne-lui aussi de mes bonnes nouvelles. Au revoir, ami. Dieu te garde.

Sériba, éberlué, regarde sa main droite où est un sac d'argent, sa main gauche où luit une petite boîte de bois sombre. Devant lui, plus personne : le jeune homme a disparu.

De retour au village, à peine sa famille embrassée, il raconte à son père Mamourou son étrange rencontre. Mamourou l'écoute gravement, puis dresse l'index devant son visage et lui dit :

– Mon fils, les djinns du baobab sont nos voisins. Nous leur devons aide et assistance. Dès demain, tu iras t'acquitter de la mission qui t'a été confiée.

Le lendemain de grand matin, Sériba se rend donc dans le champ de son père. À l'ombre du baobab, il fait halte. Il saisit au creux de la boîte une tremblante pincée de poudre, l'éparpille sur sa langue. Aussitôt, le voici devant un éblouissant palais de pierre blanche. Quatre colonnes d'or massif soutiennent une coupole d'argent dont la cime se perd dans le bleu du ciel. Sériba émerveillé s'avance vers ce palais. Le gravier qui crisse sous ses pas est de diamants et de pierres précieuses multicolores. Il pousse la porte. Un énorme chien au pelage doré, aux crocs redoutables, bondit vers lui en grondant comme un ciel d'orage. Sériba, un

instant pris d'effroi, rentre sa tête dans les épaules, puis se souvient qu'il n'a pas à le craindre. Il s'avance, bravement. Le monstre tout à coup radouci flaire ses mains et l'accompagne.

Au milieu de la cour ensoleillée, un vieillard est couché dans un hamac. Sa barbe blanche est si longue qu'elle forme sur son ventre un petit mont moelleux. Il fait à son visiteur un signe de bon accueil.

— Assieds-toi, jeune homme, lui dit-il. Aucun être humain, aussi loin que remontent mes souvenirs, n'a jamais franchi le seuil de ma maison. Sois mille fois bienvenu.

Sériba dépose à ses pieds le sac d'argent qui lui a été confié, puis il lui donne de bonnes nouvelles de son garçon. Alors le vieillard sourit, heureux d'entendre que son fils vit convenablement dans la ville lointaine. Ils parlent jusqu'au soir et dînent ensemble de fruits et d'eau fraîche. Quand Sériba se décide à prendre congé, le patriarche le raccompagne jusqu'au seuil de son palais et lui dit :

— Fils des hommes, ces cailloux de diamant que tu vois là, sur le chemin, n'ont chez nous aucune valeur. Mais il paraît que chez toi ils sont appréciés. Si c'est vrai, emportes-en autant que tu voudras.

Sériba emplit à pleines poignées ses poches, puis le vieillard s'approche de lui et pose la main sur ses yeux.

Le monde s'éteint un instant. Quand il se rallume, le fils de Mamourou se découvre debout dans le champ familier, au pied du grand baobab. Son père vient vers lui, le prend par l'épaule. Ensemble ils reviennent au village, riches à foison et savourant en silence, dans la nuit calme, le bonheur simple de se trouver voisins d'aussi réconfortants et paisibles vivants.

La Fête
de Moussa

Dix filles allaient cueillir des figues. Elles riaient, chantaient, rêvaient. Toutes pensaient au soir prochain. Ce soir-là, le plus beau des soirs, Moussa le fier, le fils du roi, offrait une fête à son peuple. Toutes iraient en pagnes fins, chacune espérait que Moussa prendrait sa main parmi les autres et la choisirait pour épouse.

À l'ombre bleue du grand figuier, par jeu moqueur, poussant du coude la plus jeune :

– Tu ramasses des figues mûres ? lui dirent-elles. Il ne faut pas. Les figues vertes sont meilleures !

La naïve les crut, laissa là les fruits mûrs, ramassa les fruits verts et s'en revint chez elle.

– Holà, holà, lui dit sa mère, c'est là toute ta provision ? Décidément tu es trop sotte. Je veux ici avant ce soir un plein panier de figues mûres. Sinon tu n'auras pas ton pagne. Adieu la fête de Moussa !

En courant et pleurant la fille retourna par le sentier de brousse au figuier solitaire et là, les mains tendues, elle chanta ce chant :

– Figuier, me faut des figues, des figues pour un pagne, un pagne pour la fête, la fête de Moussa. Dieu, pourvu que j'y sois avant qu'elle s'achève !

Le figuier répondit :

– Moi, ma fille, me faut de la bouse de vache. Va m'en chercher, reviens, et je te donnerai ce qu'il faut à ta mère !

La fille courut à l'enclos des bêtes. Aux vaches elle chanta :

– Vaches, me faut des bouses, des bouses pour des figues, des figues pour un pagne, un pagne pour la fête, la fête de Moussa. Dieu, pourvu que j'y sois avant qu'elle s'achève !

Les vaches répondirent :

– Fille, nous faut de l'herbe et des pousses de joncs. Va nous en ramasser, et nous te donnerons ce qu'il faut au figuier.

La fille s'en alla, courut, courut encore et parvint au grand champ.

– Grand champ, me faut de l'herbe, de l'herbe pour des bouses, des bouses pour des figues, des figues pour un pagne, un pagne pour la fête, la fête de Moussa. Dieu, pourvu que j'y sois avant qu'elle s'achève !

Les herbes répondirent :

– Fille, il nous faut de l'eau, de l'eau de bruine fine. Va prier Dieu là-haut et nous te donnerons ce qu'il faut à tes vaches.

Et la fille chercha l'arbre qui touche au ciel. Il était loin. Elle grimpa sur sa plus haute branche.

– Dieu, me faut de la bruine, de la bruine pour l'herbe, de l'herbe pour des bouses, des bouses pour des figues, des figues pour un pagne, un pagne pour la fête, la fête de Moussa. Dieu, pourvu que j'y sois avant qu'elle s'achève !

Dieu ne demanda rien. Il lui donna la bruine, le champ lui donna l'herbe, et les vaches leurs bouses, et le figuier ses fruits. Elle revint chez elle avec un grand panier empli de figues mûres. Sa mère s'en alla derrière la maison, trouva au poulailler un haillon poussiéreux.

– File, voilà ton pagne. Il pue, emporte-le et va donc à la fête, la fête de Moussa !

La fille s'en alla, les yeux mouillés de larmes et la bouche tremblante. Au bord de son chemin elle aperçut bientôt une hutte bancale. Une vieille était là, assise près du seuil. Comme venait la fille, elle tendit la jambe au travers du sentier.

– Vieille mère, pardon, laisse-moi le passage.

– Où vas-tu donc, petite ?

– À la fête du soir, la fête de Moussa.

– Va ton chemin, petite, va.

À peine eut-elle fait dix pas sur le sentier :

– Hé, petite, reviens !

La fille s'en revint devant la pauvre hutte.

– Attise un peu mon feu, je crains qu'il ne s'éteigne.

La fille remua les braises, mit de la paille entre les bûches et le bois crépita, et les flammes jaillirent. Comme elle s'en allait, la jambe de la vieille à nouveau s'allongea au travers du sentier.

– Vieille mère, pardon, laisse-moi le passage.

– Va ton chemin, petite, va.

Elle fit trente pas.

– Hé, petite, reviens !

La fille s'en revint. Comme son cœur pesait dans sa poitrine !

– Fais cuire un bol de mil, j'ai faim, lui dit la vieille.

La fille mit à cuire un bol de mil pilé. À l'instant de partir :

– Vieille mère, pardon, laisse-moi le passage.

– Va ton chemin, petite, va.

À peine eut-elle fait cinquante pas sur le sentier :

– Hé, petite !

Sans un mot, tête basse, la fille s'en revint.

– Va donc puiser de l'eau et mets-la sur le feu dans la grande bassine. Quand elle sera chaude tu prendras la serviette blanche et tu me laveras le dos de haut en bas.

La fille puisa l'eau, la chauffa, la versa sur le dos de la vieille, prit la serviette blanche et se mit à frotter. Or, tandis qu'elle s'échinait, le vieux dos se fendit comme une figue mûre.

– Petite, que vois-tu ?

– Je vois un trou profond entre tes deux épaules.

– Petite, que vois-tu, dis, que vois-tu encore ?

– Je vois au fond du trou des habits magnifiques !

– Choisis ceux qui te plaisent et pare-toi. Il faut que tu sois belle à la fête du soir, la fête de Moussa !

La fille s'habilla et partit en riant, courut jusqu'à la fête, et quand elle y parut les musiciens se turent et les gens ébahis dirent :

– Quelle beauté !

Et le prince Moussa eut les yeux emplis d'elle. Alors il s'avança entre toutes les filles et la prit par la main, et la prit pour épouse, et le conte s'en fut. Où est-il aujourd'hui ? Dis-moi de ses nouvelles !

Farang

Un homme nommé Farang vécut autrefois. Il était d'une force merveilleuse. Il avait en lui la joyeuse puissance de mille printemps. Il était simple et franc aussi, comme le ciel ensoleillé. Il était, parmi les hommes de son peuple, comme un arbre parmi les herbes d'un champ : un géant invincible et superbe.

Or, voici qu'un jour Farang tombe amoureux. Il appelle les trois cent trente-trois hommes de sa tribu devant sa maison et il leur dit :

– Mes braves gens, j'aime la belle Fatimata qui habite Tigilem, le village voisin.

Il leur dit cela en riant, et pourtant un concert de lamentations accueille ses paroles. Chacun prend sa tête dans ses mains. Un vieillard s'avance devant le héros et gémit, agitant ses doigts secs devant sa figure :

– Si tu aimes Fatimata, tu es en grand danger, Farang. Car la mère de celle que tu veux pour femme est une terrible sorcière : à tout homme qui vient lui demander sa fille, elle jette un maléfice qui le fait mourir.

– Peu m'importe, répond Farang. Pour mon malheur ou pour mon bonheur, j'ai décidé d'épouser Fatimata. Demain matin dans ma grande pirogue vous m'accompagnerez à Tigilem où j'irai faire ma demande. Et nous chanterons sur la rivière comme de braves gens sans peur.

Le lendemain matin, Farang et les trois cent trente-trois hommes de sa tribu débarquent à Tigilem. Ils offrent aux gens du village de la viande, des poissons et du miel comme on doit le faire quand on rend visite à ses voisins, et Farang se présente devant la maison de Fatimata. Il se penche sur le seuil car il est plus grand que la porte.

– Mère, dit-il, je suis venu te demander la main de ta fille.

La sorcière apparaît devant lui. Son visage est tordu par un méchant sourire. Elle répond, d'une voix grinçante :

– Hé, que Dieu t'anéantisse, Fatimata n'est pas en âge de se marier, surtout avec un homme comme toi. Tu la tuerais. Tes grosses mains lui briseraient les côtes. Va-t'en.

Elle lui jette une poignée de poussière. Farang s'en va tristement, le dos courbé, vers le fleuve où les hommes de sa tribu l'attendent.

Or, sur son chemin, il rencontre le père de Fatimata. Comme ce chemin est étroit, Farang, poliment, pour laisser le passage au vieil homme, appuie son dos contre un mur. Mais son geste est si vif que d'un coup d'épaule il fait s'écrouler cent pierres dans l'herbe. Il se raccroche à la façade d'une maison. La maison tombe en poussière. Il s'adosse à un baobab. Le baobab craque et s'abat dans l'herbe.

– Père de Fatimata, dit Farang, excuse-moi de faire tant de dégâts sur ton chemin. Je suis venu demander la main de ta fille, qui m'a été refusée, et je suis un peu nerveux.

– La main de ma fille ? répond l'autre. Farang, brave Farang, je te la donne, moi. Je te donne même ses bras, ses jambes, sa tête, sa bouche, son corps tout entier.

Farang rit aux éclats, embrasse son beau-père, revient chercher Fatimata, et sur sa pirogue il l'emporte, gémissante, car elle n'aime pas l'époux que lui a donné son père. Elle ne veut pas vivre avec lui. Voilà pourquoi, à peine installée dans la maison de Farang, elle envoie son serviteur à sa mère, au village de Tigilem, pour lui demander conseil. La sorcière confie à ce serviteur une poignée de sciure de bois rouge, avec ce message : « Que ma fille répande ceci sur le seuil de sa maison. Quand son mari entrera, il mourra. »

Ainsi fait Fatimata. Elle répand la sciure de bois rouge devant sa porte. Le soir venu, Farang vient coucher auprès de son épouse aussi joyeux qu'à l'ordinaire : la malédiction ne l'incommode pas. Le lendemain matin, il prend son arc, ses flèches et s'en va à la chasse. Fatimata pleurant de rage le regarde s'éloigner sur le chemin. Puis elle appelle son serviteur et lui dit :

– Farang à la nuit tombée est entré dans la maison, au soleil levant il est sorti, et il n'a même pas la migraine. Va dire cela à ma mère !

Le serviteur s'en va à Tigilem, chez la sorcière. Le lendemain il est de retour à Gao, tout essoufflé, avec un sachet de poudre. Il le donne à Fatimata.

– Assaisonne avec ceci le dîner de Farang, dit-il, et il mourra avant le prochain matin.

Quand Farang, au crépuscule, revient de la chasse, Fatimata pose devant lui, sur la table, un plat de poisson grillé. Farang le flaire, l'examine, les yeux plissés, puis il dit en riant :

– Fatimata, tu as empoisonné mon repas. Mais peu importe. Par amour pour toi je le mangerai quand même.

Il dévore son dîner, joyeusement, comme un homme affamé. Le lendemain matin, frais comme l'œil d'une source, il s'en va à la pêche.

Fatimata désespérée appelle à nouveau sa mère au secours. La sorcière, cette fois, vient à Gao, déguisée en vieille mendiante. Elle dit à sa fille ceci :

– Défais tes cheveux tressés et répands sur ta tête la cendre du foyer. Quand Farang rentrera, ce soir, il te dira : « Coiffe-toi et enduis ta chevelure d'huile. » Tu lui répondras : « Je veux bien enduire ma chevelure mais je ne le ferai qu'avec une boule de graisse prise dans le ventre de l'hippopotame de Dendera Gouzou. »

Le soir venu, quand Farang entend ces paroles, il pose les mains sur son visage et dit :

– Ainsi, Fatimata, tu veux ma mort. Soit. Par amour pour toi j'irai combattre l'hippopotame de Dendera Gouzou. Mais si je le tue, je te tuerai aussi, à mon retour. Et s'il me tue, les trois cent trente-trois compagnons de ma tribu te tueront, car tu es trop cruelle.

Farang s'en va. Le lendemain matin au bord du fleuve, il appelle les trois cent trente-trois hommes de sa tribu et leur dit :

– Pour plaire à Fatimata, je vais combattre l'hippopotame de Dendera Gouzou. S'il me tue, égorgez mon épouse, car elle est aussi belle que cruelle. Adieu, compagnons.

– Que Dieu te garde, pleurent les hommes. Fatimata n'est pas digne d'un amour aussi fou. Mais si nous ne pouvons te retenir parmi nous, au moins accepte nos lances et nos harpons.

Chacun en gémissant offre ses armes à Farang, et Farang s'éloigne sur le fleuve avec, au fond de sa pirogue, les trois cent trente-trois lances et les trois cent trente-trois harpons de ses compagnons.

Il navigue une demi-journée. Au milieu du courant sa barque fend les vagues. Alors devant lui surgit des eaux boueuses l'énorme hippopotame de Dendera Gouzou. Farang aussitôt empoigne ses trois cent trente-trois armes aux pointes de fer, il se dresse à la proue de sa pirogue et livre bataille. De toutes ses forces il jette ses harpons et ses lances dans la gueule béante du monstre. Mais le monstre brise et croque ces harpons et ces lances, et se rince la bouche dans le courant du fleuve.

– Je suis perdu, se dit Farang.

Il rame vers la rive, bondit à terre et prend la fuite à travers la savane. L'énorme bête galope à ses trousses, faisant sonner la terre comme une peau de tambour. Alors Farang, loin du fleuve s'arrête dans les hautes herbes et se retourne, les bras ouverts, en hurlant, la tête levée vers le soleil :

– Par le dieu des sept cieux, il ne sera pas dit que j'ai fui devant un hippopotame. Les femmes de Gao ne raconteront pas cela et les hommes de Gao ne l'entendront pas.

La bête fonce sur lui tête baissée. Farang abat son poing sur son crâne rocheux. Elle tombe et se relève. Ils combattent au corps à corps. Les pattes de l'hippopotame labourant le sol creusent un lac. Les pieds de Farang soulèvent une grande dune pointue. Au-dessus d'eux un immense nuage de poussière obscurcit le ciel. Les gens de Gao l'aperçoivent au loin :

– Venez voir, disent-ils, venez voir !

Ils courent dans la savane, ils s'assemblent autour du champ de bataille. Alors, le plus vieil homme du village, Alfa Mahalmoudou, s'approche, en trottinant, dans la poussière du combat. Il abat sa canne de roseau entre Farang et l'hippopotame. Aussitôt les deux combattants tombent comme des pantins, chacun de leur côté.

– Cessez ce jeu stupide, dit le vieil Alfa.

Farang se relève, furibond. Il braille :

– Il faut que je tue cet hippopotame ou qu'il me tue.

– Bah, tu n'es qu'un enfant sans cervelle, dit l'ancêtre.

La bataille reprend. Les gens de Gao supplient Alfa de séparer à nouveau les combattants. Deux fois encore le vieillard abat sa canne de roseau. Deux fois le monstre et le héros tombent dans l'herbe, sur le cul. Deux fois ils se relèvent et foncent l'un sur l'autre, tête baissée. Alors Alfa Mahalmoudou dit tristement :

– Farang, je m'en vais et les gens de Gao s'en vont aussi. Appelle à ton secours les esprits de la savane, sinon tu vas mourir.

– Je sens que tu as raison, répond Farang.

Le voilà seul en face du monstre. Tous ses compagnons sont partis avec Alfa. Il appelle les esprits de la savane, et les esprits de la savane descendent du ciel sous la forme de grands oiseaux blancs. À coups de bec, à coups de griffes ils déchirent le cuir de l'hippopotame. Farang égorge la bête colossale, il recueille la graisse de son ventre et revient à Gao, épuisé, couché au fond de sa pirogue.

Il rentre chez lui. Son épouse Fatimata, le voyant franchir le seuil de la maison, met ses deux mains devant sa bouche, étouffant un cri de surprise et de terreur.

– Voici la graisse de l'hippopotame de Dendera Gouzou, lui dit-il. Enduis tes cheveux, et coiffe-toi.

Fatimata se coiffe. Elle tresse sa chevelure avec des fils d'argent et d'or, elle met des anneaux à ses chevilles, une ceinture autour de ses reins, à ses poignets des bracelets. Elle se pare de tous ses bijoux. Ainsi elle apparaît souriante devant Farang, et Farang la trouve plus belle qu'elle ne fut jamais. Il s'assied près d'elle. Il rit, il l'embrasse. Sept jours et sept nuits ils restent ainsi ensemble à parler, à s'aimer, sans boire ni manger. Alors les trois cent trente-trois compagnons de Farang s'assemblent devant sa porte et crient :

– Farang, tu nous fais honte. Tu as promis d'égorger Fatimata si tu tuais l'hippopotame de Dendera Gouzou.

– C'est vrai, répond Farang, mais je n'en ai pas le courage. Tuez-la vous-mêmes, compagnons.

Farang sort, le dos voûté, et s'en va seul vers la forêt. Les hommes de sa tribu entrent. Ils égorgent Fatimata. Au bout du chemin le héros se retourne avant de disparaître sous les grands arbres. Il regarde brûler sa maison. Ainsi finissent ses étranges amours. Ainsi finit l'histoire.

Le **Singe** _{qui} **voulut** _{être} **Roi**

Un singe s'éveillant un matin sur son lit de feuillage s'étira au soleil, se gratta sous les bras, souffla fort par le nez et sentit tout à coup plantée dans son esprit une idée lumineuse. « Je suis beau, puissant, respectable, se dit-il. Pourquoi diable ne serais-je pas, moi, l'habitant des verdures, grand maître d'ici-bas ? L'homme mérite-t-il plus que moi la confiance de Dieu ? Non. Il est arrogant, sans souci, sans pitié pour ceux qui l'environnent. Je le vaux mille fois, soit dit avec l'humilité qui convient aux vrais sages. Il serait donc normal que notre Créateur le rabaisse à ma place et m'élève à la sienne. La royauté du monde, voilà ce qu'il me faut. Allons entretenir notre Père céleste de cet intéressant projet. »

Ayant ainsi pensé il se dressa, grimpa en quatre bonds d'athlète au sommet de son arbre, tendit sa face au ciel et appela l'Inventeur de la vie. Dieu aussitôt parut, devant lui, sur la branche.

– Que me veux-tu, mon fils ?

– Seigneur, répondit l'autre, pourquoi as-tu fait l'homme gouverneur de la Terre ? Il est incompétent, cruel, et si gonflé d'orgueil qu'il se prend parfois pour toi-même. Bref, je ne veux pas médire, mais il faut que tu saches. Tout ce qui vit ici sous son autorité t'ignore, te raille ou te maudit.

– Vraiment ? dit Dieu.

– Vraiment, ô Père incontesté. Moi seul sais t'honorer comme à tout instant tu dois l'être. Sacre-moi roi du monde, charge-moi pour ton bien de ce fardeau, et nul n'osera plus négliger ta gloire, je t'en fais le serment.

– Est-il possible que l'on n'éprouve plus aucun bonheur à vivre ? demanda Dieu, perplexe. Écoute, fils velu. Allons ensemble par les chemins, et si nous découvrons un seul être, enfant d'homme ou d'animal, brin d'herbe ou rocher, qui maudisse la vie que je lui ai donnée, je te fais à l'instant, promis, juré, craché, maître des créatures.

Le singe, sûr du mal qui règne sur la Terre, descendit de son arbre, et tandis qu'il battait sa poitrine bombée au rythme du tam-tam de guerre :

– Vois-tu ton ombre, fils ? murmura Dieu à son oreille. C'est moi. Va, je te suis.

Et l'autre s'en alla, flairant l'air, l'œil luisant. À peine avait-il fait dix pas sur le sentier qu'il buta de l'orteil contre un caillou à demi enfoui dans la poussière.

– Ahi, la brute épaisse, couina-t-il, sautillant çà et là sur un pied. Inutile, Seigneur, de chercher plus avant. Ce bout de roc n'honore pas la vie. Il la cabosse, l'entrave, la meurtrit. Ne suis-je pas déjà assez justifié ?

– Prends-le dans ta main droite, lui dit Dieu, et prends dans ta main gauche une pierre semblable. Heurte-les.

Le grand singe obéit. Du choc jaillit une étincelle.

– Du feu, dit Dieu, riant. De l'éclair, de la vie. C'est là le chant du cœur des pierres. Il me plaît. Il m'émeut. Passons notre chemin, mon fils. Ce n'est pas ce caillou qui te sacrera roi.

Le Velu ronchonna et poursuivit sa route, le dos rond et les bras ballants. Vers midi il parvint au bord d'un ruisseau. Il s'accroupit, but à grands coups de langue et dit en désignant les vagues scintillantes :

– Peut-on sérieusement vous honorer, Seigneur, en fuyant sans repos comme fait ce courant ? Voyez-le se hâter. Voulez-vous mon avis ? Il déteste votre présence.

Les poings aux hanches il ricana, l'air méchamment content. Des bruissements de l'eau montèrent ces paroles :

– Frère, que dis-tu là ? Je vais partout où l'on m'espère, dans l'herbe, dans le bec des oiseaux, dans les mains qu'on me tend. Regarde l'arc-en-ciel. C'est ma prière. Regarde les jardins. C'est moi qui les abreuve. Je suis l'ouvrière de la vie, je travaille à la beauté du monde. Ce n'est certes pas moi qui te sacrerai roi.

– Va donc au diable, grogna le singe.

Il cogna le sol du talon, tendit l'index à des huttes lointaines.

– Allons chez les humains, dit-il. Ils me justifieront. Je connais leur malice.

À l'entrée d'un village, au pied d'un arbre sec un lépreux gémissait, offrant au ciel ses mains harcelées par les mouches. Le singe vint à lui, battit à petits coups son épaule et lui dit :

– Homme, je te comprends. Tu as fort à te plaindre. Admets, bien franchement : ta vie est un enfer. Dieu est un père insupportable. Crache donc ton vinaigre, ami, nous t'écoutons.

L'homme lui répondit :

– Moi, maudire la vie ? Singe, ne vois-tu pas que si je souffre ainsi c'est par amour pour elle ? Mon corps est repoussant, je n'ai ni femme ni maison, mais je peux

encore goûter la bonté du soleil, les lumières du soir, les silences de l'aube. Chaque jour qui se lève est un cadeau de Dieu.

– Ce n'est pas ce lépreux qui te sacrera roi, dit une voix paisible à l'oreille du singe.

L'autre tout ronchonnant s'en revint au chemin, s'en fut de quelques pas. Il s'arrêta bientôt, l'œil soudain allumé.

– J'entends quelqu'un gémir, dit-il.

Un aveugle venait, tâtonnant du bâton le long des murs de terre. Comme il passait dans l'ombre du chercheur impatient il tourna çà et là son visage et balbutia :

– Seigneur, Seigneur, donnez-moi la lumière !

– La lumière, c'est moi, murmura Dieu. Je suis là. Il me cherche. Laisse-le donc aller, ô singe. Ce n'est certes pas lui qui te sacrera roi.

– Une femme, voilà ce qu'il me faut, marmonna le Velu, les sourcils batailleurs. Regarde celle-là qui va laver son linge. Entends-la criailler contre son nourrisson qui lui mange le sein.

Il vint à sa rencontre.

– Ô toi que je cherchais, lui dit-il, ouvre ton cœur et parle sans crainte à ton grand frère des forêts. Ton époux te bat-il ?

La femme répondit :

– Parfois il est injuste.

– Et ce fils qu'il t'a fait, ne t'irrite-t-il pas ?

– Quand il crache mon lait, dit la femme, il m'inquiète, et je gronde.

– Avoue-le donc, ma sœur. La vie te pèse, et rudement.

La femme répondit en serrant l'enfant turbulent sur sa poitrine :

– Il m'arrive en effet de la trouver bien lourde.

– Sais-tu qui t'a chargé de ce fardeau de jours que tu traînes ici-bas ? dit l'autre, triomphant. C'est Dieu. Tu vas donc le maudire à belle voix sonnante.

Ce fut son dernier mot dans la langue des hommes. Car la jeune mère le contempla avec dans ses yeux tout à coup écarquillés un éclat si naïvement innocent et réprobateur que le singe en perdit la parole et jamais ne la retrouva.

Et savez-vous ce que Dieu fit, afin que soit à jamais bénie la femme qui avait su chanter plus haut que tous la louange de la vie par la seule lumière de son regard ? Il fit d'elle l'unique créature capable d'amour aussi vaste que Sa main, qui tient le monde.

Pas de **Roi** comme **Dieu**

Puisse le roi vivre toujours !
Telles étaient les premières paroles que tout homme du pays haoussa devait dire sans faute, selon la coutume sacrée, dès qu'il paraissait en présence de son souverain.

Or, dans l'ombre de l'arbre au vaste feuillage où ce maître du royaume recevait tous les matins son peuple, vint un jour un homme de haute taille et d'allure tranquille qui osa le saluer par ces mots :

– Il n'est pas de roi comme Dieu.

Aussitôt s'éleva une rumeur scandalisée parmi les courtisans aux robes lentement remuées par la brise. Le roi, lui, ne daigna pas s'irriter. Il sourit, leva la main pour imposer silence et demanda à l'audacieux de répéter sa salutation, en tendant l'oreille et grimaçant du nez, comme s'il avait mal entendu.

– Il n'est pas de roi comme Dieu, dit à nouveau l'homme, impassible et droit.

Alors le roi se sentit cruellement blessé dans son orgueil, mais il n'en laissa rien paraître. Il répondit :

– Homme, ton insolence est celle d'un fou ou d'un héros. Qui es-tu ?

– Un paysan de ta cité. Je cultive mon champ à la lisière de la ville, et n'ai d'autre ambition que de nourrir convenablement ma femme et mes enfants, le temps qu'il me sera donné de vivre.

– Tu mérites ma considération et ma confiance, dit le monarque.

Il ôta de son doigt un anneau d'or ciselé, le lui tendit et dit encore :

– Je te confie ce signe de ma royauté que mes ennemis convoitent. Garde-le précieusement, car s'il t'arrivait de le perdre, tu devrais le payer de ta vie. Que soit ainsi honoré celui qui n'a d'autre roi que Dieu.

L'homme salua et s'en revint chez lui, l'anneau dans son poing serré.

Une semaine plus tard, le maître du royaume le fit appeler. À peine lui avait-on fait place devant son trône :

– J'ai une mission à te confier, lui dit-il. J'ai besoin de maçons et d'artisans habiles pour bâtir le nouveau rempart de ma cité. Visite tous les villages du pays, jusqu'aux plus lointains, et ramène-moi les hommes qu'il me faut.

Celui que maintenant on appelait parmi le peuple des ruelles Pas-de-roi-comme-Dieu revint à l'instant chez lui, enferma dans une corne de bélier l'anneau royal qui lui avait été confié et dit à son épouse :

– Je dois partir en voyage. Pendant mon absence, prends soin de cet objet. Qu'il te soit aussi cher que ma vie même.

Il l'embrassa, serra ses enfants contre sa poitrine, puis monta sur son âne et s'en alla.

À peine était-il sorti de la ville que le roi envoya en secret un messager chez la femme de Pas-de-roi-comme-Dieu. Cet homme au regard luisant offrit à l'épouse craintive mille coquillages contre la corne de bélier où était l'anneau. Les mains frémissantes et le cœur battant, elle le repoussa. Alors il ouvrit devant elle trois coffres emplis de vêtements magnifiquement teints et tissés de fils d'or. Elle les porta à son visage, respira leur parfum, s'en vêtit, contempla leur splendeur dans un miroir de cuivre, ferma les yeux et désigna la poutre de

la maison. Dans un creux de cette poutre était cachée la corne. Le messager la rapporta en toute hâte à son maître. Dès que le roi eut l'anneau dans sa main, il éclata de rire et grogna méchamment :

– Que l'on me forge une nouvelle bague et que l'on aille jeter celle-ci dans le lac le plus profond du pays.

Deux serviteurs s'en furent aussitôt en courant et firent ce qu'il avait ordonné.

Sur le chemin du retour, Pas-de-roi-comme-Dieu et sa troupe de maçons firent halte, un soir, dans un village de pêcheurs où leur furent offerts tant de fruits et de boissons fortes, tant de chants et de rires qu'ils décidèrent de séjourner quelques jours parmi ces gens de bien, avant d'affronter la rude savane qui les séparait de la cité royale. Le lendemain, ils accompagnèrent donc les hommes à la pêche, d'où ils revinrent au crépuscule, les filets lourds et ruisselants.

Quand on eut aligné les poissons sur un grand lit de feuilles vertes, au milieu de la place, chacun vit que l'un d'eux remuait encore. Il était de taille imposante, et scintillant comme les eaux du lac sous les feux du soleil couchant. Un enfant l'empoigna, le brandit, prit le couteau de son père, s'accroupit et fendit le ventre du bel animal, comme il voyait faire aux autres. Alors, parmi les entrailles, apparut un anneau brillant. À la pointe du couteau, l'enfant étonné le tendit à Pas-de-roi-comme-Dieu qui se trouvait auprès de lui. Pas-de-roi-comme-Dieu l'examina et, les yeux ronds, la bouche ouverte, reconnut la bague que son roi lui avait confiée. Dans ce lac même où elle avait été jetée. Un poisson l'avait avalée. Ce poisson était celui que l'enfant tenait maintenant dans sa main. Pas-de-roi-comme-Dieu éclata de rire. Cette nuit-là, il festoya avec la joie débridée d'un miraculé.

Quelques jours plus tard, les voyageurs parvinrent à la cité royale. Pas-de-roi-comme-Dieu revenu chez lui embrassa son épouse et lui demanda la corne de bélier. Elle lui répondit qu'un rat l'avait rongée, et avait sans doute avalé l'anneau. Il fronça les sourcils, les poings sur les hanches. À peine s'était-elle enfuie par la ruelle, craignant la colère de son époux, que survinrent quatre guerriers de la garde du palais. Ils conduisirent leur homme devant le monarque qu'ils saluèrent d'une voix forte, à peine entrés dans la salle du trône :

– Puisse le roi vivre toujours !

– Puisse le roi vivre toujours ! répétèrent en chœur les courtisans assemblés.

Le roi d'un geste impatient les fit taire, fit signe de s'avancer à celui qui avait blessé son orgueil et lui demanda son anneau d'or. L'autre enfonça la main dans la vaste poche de son vêtement et le lui tendit en disant :

– Vraiment, il n'est pas de roi comme Dieu.

Le monarque poussa un grognement éberlué, soupira et répondit, hochant la tête :

– Homme, tu as mille fois raison. Il n'est pas de roi
comme Dieu.

Sur l'heure, il fit partager son royaume en deux
parts égales et en offrit une à Pas-de-roi-comme-Dieu,
dont le nom est devenu si cher au cœur des Haoussas
qu'ils se plaisent, aujourd'hui encore, à l'inscrire au
front de leurs camions, de leurs autobus et de leurs
barques de pêche, afin que soit dite à tout vent cette
histoire déraisonnable et vraie, sans laquelle la vie ne
serait pas digne de confiance.

Ogoa

Avant que l'homme soit, sur Terre n'était rien qu'un arbre haut et fort au milieu d'une plaine. De gros nuages vinrent, un matin, sur cet arbre. Le tonnerre gronda, l'éclair fendit le ciel. Alors par cette fente descendit une table, une chaise, une pierre céleste, et descendit aussi la Mère, Woyengi. Sur la chaise elle s'assit, sur la pierre céleste elle posa les pieds, sur la table elle mit de l'argile mouillée et de cette argile elle pétrit les humains. Elle souffla sur eux. Ils se firent vivants. À chacun elle dit :

– Tu peux être une femme ou un homme. Choisis.

Chacun choisit. Puis à chaque homme, à chaque femme un par un elle demanda quelles sortes de vie, de biens et de malheurs il désirait avoir. L'un voulut la richesse et l'autre des enfants, et l'autre une vie brève, et l'autre une vie longue, et tous parmi les maux qui affligeaient la Terre choisirent aussi leurs chagrins. À chacun elle dit :

– Ce que tu veux sera.

Parmi les gens que créa Woyengi étaient deux femmes presque sœurs, tant elles étaient amies. L'une avait désiré des enfants forts et riches. L'autre n'avait rien voulu de ce qui fait le bonheur ordinaire des femmes. Elle avait demandé de grands pouvoirs magiques. Ogoa était son nom. Dans le même village et la même ruelle les deux filles grandirent, puis l'une eut un garçon, deux filles, un fils encore. Ogoa fut pour eux une bonne marraine. Elle était devenue célèbre et redoutée. Elle savait guérir, elle savait tuer, elle comprenait tout du langage des bêtes et lisait les pensées des gens, même lointains. Pourtant elle était triste. Elle aimait ses filleuls, elle veillait sur eux, mais elle aurait voulu des enfants bien à elle. Or, elle n'en avait pas, et son cœur lui pesait.

Alors elle décida de retourner près de Woyengi pour qu'elle la recrée, et change son destin. Elle mit dans un sac ses secrets, ses pouvoirs, ses magies invincibles, et sur le chemin droit un jour elle s'en alla. Elle voyagea longtemps, traversa la savane, parvint à la forêt, s'enfonça droit parmi les buissons, les broussailles. Sur ce pays feuillu régnait un roi puissant : Isembi, l'homme vert. Un soir, comme elle cheminait dans l'ombre du sous-bois, elle entendit marcher pesamment derrière elle. Elle se retourna. Elle vit venir Isembi. Il lui dit :

– Es-tu cette Ogoa dont on parle partout ?

Elle lui répondit :

– Il n'y a qu'une Ogoa, et je suis celle-là.

– Viens donc jusque chez moi, tu es mon invitée.

Ils s'en furent ensemble, burent du vin de palme et mangèrent des lièvres. Isembi demanda :

– Où vas-tu Ogoa ? Ce chemin que tu suis ne conduit nulle part.

Ogoa répondit :

– Vois, je suis une femme. Je voudrais des enfants. Je vais voir Woyengi pour qu'elle me recrée et change mon destin.

– Tu voyages pour rien. Aucun être ici-bas ne peut voir Woyengi.

– J'ai des pouvoirs puissants.

– Ils ne suffiront pas.

– Veux-tu les éprouver ? Ils valent bien les tiens.

Isembi répondit :

– Allons dans la clairière et mesurons nos forces.

Ils allèrent dans la clairière. Sous le soleil mouvant au travers des feuillages Isembi récita ses formules majeures, et le sac d'Ogoa aussitôt se vida. Ses pouvoirs, ses secrets, ses magies s'envolèrent comme fumée au vent. À son tour Ogoa dit ses incantations, tourna sur l'herbe tendre. Ses pouvoirs, ses secrets, ses magies lui revinrent. Encore elle invoqua les puissances obscures. Les pouvoirs, les secrets, les magies d'Isembi vinrent avec les siens. Encore elle tourna, les bras ouverts, sur l'herbe. Isembi tomba mort. Elle reprit son sac et le mit à l'épaule. Comme elle s'en allait, la femme d'Isembi la retint par le bras.

– Rends sa vie à mon homme. Tu l'as prise pour rien.

– Femme, je la lui rends, répondit Ogoa.

Elle toucha son front. Isembi s'éveilla.

Elle reprit sa route. Cheminant sans repos elle arriva bientôt dans la ville d'Egbé. Là était une case ornée comme un palais. Au seuil de cette case un homme se tenait. Comme elle traversait la place en grande hâte, il lui dit :

– Es-tu cette Ogoa dont on parle partout ?

Elle lui répondit :

– Il n'y a qu'une Ogoa et je suis celle-là.

– Je suis Egbé, le roi d'ici. Le bruit de tes pouvoirs est venu jusqu'à moi. Tu es mon invitée.

Sur des nattes d'osier on lui servit du vin et du rôti d'antilope. À la fin du festin Egbé lui demanda :

– Où vas-tu Ogoa ?

– J'aimerais que mon ventre gonfle, et qu'il enfante. J'aimerais allaiter. J'aimerais être mère. Je vais voir Woyengi pour qu'elle me recrée.

– Aucun vivant jamais n'a pu voir Woyengi, lui dit le roi Egbé. Seuls le peuvent les morts, qui reviennent à elle. Tu voyages pour rien.

Elle lui répondit qu'il parlait comme un homme au cœur pauvre et peureux. Elle le défia. Il se mit en colère. Dans la cour où le vent rugissait ils sortirent. Egbé dit ses formules et ses incantations, et le sac d'Ogoa vidé de ses pouvoirs s'affaissa comme une outre flasque. À son tour Ogoa chanta, tournoya dans la poussière soulevée et son sac à nouveau se gonfla, s'alourdit. Ses pouvoirs lui revinrent avec ceux d'Isembi et ceux aussi d'Egbé, et Egbé tomba mort. Son épouse accourut, hurlant, les bras au ciel.

– Femme, sèche tes pleurs, lui dit la voyageuse.

Elle toucha le front d'Egbé. Il s'éveilla.

Ogoa, cheminant au-delà de la ville, arriva sur la plage au bord de l'océan. Elle s'avança dans les vagues. Alors elle entendit une voix forte et rude. Et cette voix lui dit :

– Moi, le vaste océan, j'avale qui m'affronte.

Elle lui répondit :

– Je suis seule en ce monde, Ogoa sans enfant, c'est ainsi qu'on m'appelle. Je vais voir Woyengi, et il faut que je passe.

L'eau lui vint aux chevilles, aux genoux, à la taille. Elle marcha pourtant, sans souci pour sa vie. L'eau lui vint jusqu'aux seins. Encore elle avança, pensant : « Je vais mourir », appelant dans son cœur les enfants qu'elle n'avait pas eus. L'eau lui vint au menton. Alors elle cria :

– Vaste océan, écoute !

Puissamment sur les vagues elle chanta ses chants secrets. La mer se retira, revint à la ceinture et revint aux genoux. Entre deux murs d'eau grise parut un chemin sec. Et par ce chemin sec elle parvint à terre au-delà de la mer. Là n'était aucun homme. Un seul être habitait dans ce royaume nu. C'était le dieu Ada.

Il vit venir de loin Ogoa sur la plaine. Il s'avança vers elle.

– Es-tu cette Ogoa dont on parle partout ?

Elle lui répondit :

– Il n'y a qu'une Ogoa et je suis celle-là.

Il lui tendit la main, l'amena dans sa case, lui offrit un festin de viandes délicieuses.

– Que viens-tu faire ici ? demanda-t-il enfin. Jamais aucun humain n'a foulé cette terre.

– Je veux voir Woyengi, notre première Mère.

– Retourne-t'en chez toi. Personne ne peut voir
Woyengi. Ni toi, ni moi, personne.

– Un grand désir me tient : mettre un enfant au
monde. Si tu veux m'empêcher de suivre mon chemin,
ce désir t'abattra.

Ada pensa, surpris : « Quelle est donc cette femme
qui veut se mesurer à la force d'un dieu ? » Ogoa dit
encore :

– As-tu peur, dieu Ada ?

Ils allèrent aussitôt sur la plaine déserte. Par la
force du dieu la tête d'Ogoa fut d'un coup arrachée et
monta dans le ciel comme une boule d'herbe au vent
tourbillonnant, mais son corps resta droit, semblable
à un tronc d'arbre sur l'herbe rase, et la tête emportée
bientôt redescendit, à nouveau se planta sur le cou, à
sa place. Alors la voix d'Ogoa retentit dans l'air bleu et
la tête du dieu quitta ses épaules puissantes. Comme
elle s'élevait, le chant noir d'Ogoa se fit plus rude
encore. Le corps du dieu Ada chancela, s'affaissa. La
tête revenue roula dans la poussière. Tous les pouvoirs
du dieu s'enfuirent de son corps, entrèrent un à un
dans le sac d'Ogoa et Ogoa s'en fut, courbée sous le fardeau de ces magies conquises.

Sans repos elle voyagea jusqu'au dernier rocher de
la plaine. Là se tenait un coq. Il dit à Ogoa :

– Tu n'iras pas plus loin.

– J'irai, répondit-elle. Je veux voir Woyengi.

Le coq lui répondit :

– Au-delà de ce roc il n'est plus de pays. Je garde la frontière entre les deux royaumes, celui du Tout, celui du Rien. Femme, retourne-t'en. Personne ne peut voir Woyengi notre Mère.

Ogoa se tint droite et ne répondit pas. L'incantation lui jaillit soudain de la gorge. Alors le roc prit feu et le coq sur le roc s'embrasa lui aussi. Il ne fut plus bientôt que fumée vite enfuie. Dès que cette fumée fut dissipée, Ogoa découvrit devant elle un grand champ.

Au milieu de ce champ était un arbre haut et fort. Elle marcha jusqu'à lui et se dissimula entre ses racines pareilles à d'énormes serpents. Elle attendit cinq jours. Alors elle vit le ciel se couvrir de nuages. Le tonnerre gronda, l'éclair fendit l'espace. Par la fente elle vit une table descendre, elle vit une chaise, une pierre céleste. Elle vit Woyengi descendre aussi du ciel. Elle la vit pétrir des humains sur la table, et les faire hommes et femmes, et les pousser chacun sur son chemin de vie. Quand la table fut vide elle l'épousseta et la lança en l'air, au-delà des nuages, avec sa chaise et sa pierre céleste. Puis elle vint à l'arbre. Elle dit doucement :

– Ma fille, tu te caches et pourtant je te vois.

Ogoa se dressa. Woyengi dit encore :

– Je connais ton désir. J'ai suivi ton voyage. Je sais aussi comment tu as vaincu tous ceux que tu as rencontrés. Quand j'ai pétri ta vie, tu n'as voulu rien d'autre que des pouvoirs magiques. Je te les ai donnés. Maintenant tu veux voir ton ventre s'arrondir. Tu souffres, sans enfants. Hélas, tu as choisi, aussi, cette souffrance. Veux-tu me défier ? C'est moi qui ai créé ta force et ta faiblesse. Le coq, le dieu Ada, Egbé et Isembi tenaient aussi de moi ce que tu leur as pris. Ogoa, ma petite, rends à chacun son bien.

À peine ces paroles dites, chacun de ces vaincus retrouva ses pouvoirs. Woyengi disparut. Ogoa s'en alla avec sa peine lourde, son désir infini. Elle marcha longtemps, sans savoir où se perdre, puis un jour elle se réfugia dans les yeux d'une femme. Le bonheur la chassa. Alors de femme en femme elle se mit à errer, sans cesse renaissante et sans cesse vaincue. Ainsi vécut-elle. Ainsi elle vit encore. Quand une femme vous regarde avec la soif d'aimer sans savoir qui aimer, qui vous regarde ? Hommes, c'est Ogoa, Ogoa la perdue.

Ti-tête
et Ti-corps

Un jeune bûcheron marchait dans la forêt. Il était
beau, content. Il aimait les jeux du soleil à travers les
feuillages. Un serpent traversa le sentier, à trois pas
devant lui. Il était énorme. Son corps était rouge et
vert. Le garçon s'avança, leva sa hache, le trancha en
deux et reprit son chemin sous les arbres. De la tête du
serpent mort une fille sortit. Du corps rouge et vert
naquit un homme. Il parut étonné de se trouver au
monde.

La fille courut après le jeune bûcheron, mit la main dans la sienne et lui fit l'œil de miel. L'autre la trouva belle. Il la prit donc pour femme. On l'appela Ti-Tête. L'homme né du corps rouge et vert fut appelé Ti-Corps. Il s'en alla tout seul.

Ti-Tête fut heureuse avec son bûcheron. Ils eurent huit enfants. Après dix-neuf années naquirent vingt petits-fils. Après vingt-cinq années, vingt petites-filles. Ti-Tête en fut très fière.

Ti-Corps, lui, ne trouva nulle part le bonheur. Il se fit vagabond. Il mendia son pain sur les chemins. Il mendia l'amour, parfois, devant les portes. Sa récolte fut maigre. Il vécut pourtant sans douleur excessive, car le Créateur lui avait fait don d'une voix magnifique. En vérité, ses chants étaient si captivants, que les gens, longtemps après qu'il fut parti, osaient à peine respirer.

Donc, en ces temps anciens, Ti-Tête était grand-mère et Ti-Corps la cherchait partout dans le pays. À l'entrée des villages il disait aux enfants :

– Il y a trente ans, elle était faite ainsi. L'avez-vous rencontrée ?

On riait de lui. On lui lançait des bouses. Il allait plus loin. Il disait encore :

– Son nom était Ti-Tête. Un jour elle a suivi un jeune bûcheron.

Parfois on le plaignait. On lui répondait :

– Va voir à la ville voisine.

Un soir, comme il chantait tout seul, assis contre un vieux mur : « Ti-Tête, où est Ti-Tête, où s'est perdue Ti-Tête ? » quelqu'un lui dit :

– Elle a eu huit enfants. Ses petits-enfants peuplent notre village. Je suis le quarantième. Ma grand-mère est la plus aimée des femmes de ce monde.

Ti-Corps entra dans ce village. Sous l'arbre de la place il s'assit et se mit à chanter. C'était un chant inconnu des hommes, même des plus anciens. Tous l'écoutèrent, les femmes, les enfants, et les oiseaux aussi, dans les feuillages. Même les chiens se turent. Ti-Tête, dans sa maison, s'enfonça du coton mouillé dans les oreilles.

– Grand-mère, que fais-tu ? lui dit son petit-fils, le dernier, le plus beau, couché contre sa hanche.

Elle lui répondit :

– Parle, mon petit, parle, fais du bruit, pleure fort !

Toute la nuit, Ti-Corps chanta. Quand le jour se leva, il se tut au milieu d'une phrase. L'assemblée écouta le silence du petit matin. Alors une autre voix, limpide, haute, ferme, reprit le chant perdu dans l'aube naissante.

– Grand-mère, dit l'enfant dans la maison ouverte, qui t'a appris ces mots ? Je ne les comprends pas. Tu ne nous as jamais chanté cette musique. J'ai peur d'elle. Pourquoi ?

Ti-Tête ne répondit rien. Elle sortit devant sa porte et s'avança vers la place, sans cesser de chanter. Alors Ti-Corps se leva et tous deux s'en allèrent dans la brousse. Personne n'osa les suivre. Quand ils furent à l'abri de tout regard ils se couchèrent sur la terre et ne furent plus Ti-Tête ni Ti-Corps mais un seul serpent rouge et vert qui disparut dans le secret des herbes.

Il en fut ainsi. Et rien n'aurait pu faire qu'il en fût autrement. Car aussi éloignés que soient les êtres, aucun obstacle ne peut les séparer pour toujours, s'ils sont faits pour aller ensemble dans le secret des herbes.

Le **Rayon** de **Lune**

Quand il vécut ce que je vais vous dire, Mackam était un jeune homme au cœur bon, à l'esprit rêveur, à la beauté simple. Il souffrait pourtant d'une blessure secrète, d'un désir douloureux qui lui paraissait inguérissable et donnait à son visage, quand il cheminait dans ses songes, une sorte de majesté mélancolique. Il voulait sans cesse savoir. Savoir quoi, il n'aurait pas su dire. Son désir était comme une soif sans nom, une soif qui n'était pas de bouche, mais de

cœur. Il lui semblait que sa poitrine en était perpé-
tuellement creusée, asséchée. Il en tombait parfois
dans un désespoir inexprimable.

Il fréquentait assidûment la mosquée, mais dans
ses prières, ce n'était pas le savoir qu'il désirait. Il les
disait pourtant tous les soirs, lisait le Coran, cherchait
la paix dans sa sagesse. Il s'y décourageait souvent. En
vérité, plus que les paroles sacrées, il goûtait le silence
qu'il appelait à voix basse : « le bruit du rien », à l'heure
où la lune s'allume dans le ciel.

La lune, il l'aimait d'amitié forte et fidèle. Elle lui
avait appris à dépouiller la vie de ses détails inutiles.
Quand elle apparaissait, il la contemplait comme une
mère parfaite. Sa seule présence simplifiait l'aridité et
les obstacles du monde. Ne restait alentour que la pointe
de la mosquée, l'ombre noire de la hutte, la courbe pure
du chemin, rien d'autre que l'essentiel, et cela plaisait
infiniment à Mackam.

Or, une nuit de chaleur lourde, comme il revenait,
le long du fleuve aux eaux sombres et silencieuses, de
l'école coranique où il avait longtemps médité, l'envie
le prit de dormir dans cette tranquillité où son âme
baignait. À la lisière du village, il se coucha donc sous
un baobab, mit son Coran sous sa nuque, croisa ses

doigts sur son ventre et écouta les menus bruits du rien, alentour. Le ciel était magnifique. Les étoiles brillaient comme d'innombrables espérances dans les ténèbres. Le cœur de Mackam en fut empli d'une telle douceur que sa gorge se noua. « Savoir la vérité du monde, soupira-t-il, savoir ! » Ce mot lui parut plus torturant et beau qu'il ne l'avait jamais été jusqu'à cette nuit délicieuse. Il regarda la lune.

Alors il sentit un rayon pâle et droit comme une lance entrer en lui par la secrète blessure de son esprit. Aussitôt, le long de ce rayon fragile, il se mit à monter vers la lumière. Cela lui parut facile. Il était soudain d'une légèreté merveilleuse. Une avidité jubilante l'envahit. La pesanteur du monde, les chagrins de la terre lui parurent bientôt comme de vieux vêtements délaissés. Il se dit qu'il allait enfin atteindre cette science qu'il ne pourrait peut-être jamais apprendre à personne, mais qui l'apaiserait pour toujours. Il bondit plus haut. Les étoiles disparurent alentour de la lune ronde. Il se retint de respirer pour ne point rompre le fil qui le tenait à l'infini céleste. Il s'éleva encore, parvint au seuil d'un vide immense et lumineux.

C'est alors qu'il entendit un cri d'enfant lointain, menu, pitoyable. Un bref instant, il l'écouta. Quelque chose en lui remua, un chagrin oublié peut-être, un lambeau de peine terrestre emporté dans le ciel. Mackam se sentit descendre, imperceptiblement. Le cri se fit gémissant dans la nuit. Il s'émut, s'inquiéta. « Pourquoi ne donne-t-on pas d'amour à cet enfant ? » se dit-il, et il eut tout à coup envie de pleurer. Il se tourna sur le côté. Il était à nouveau dans son corps, sous l'arbre.

Et dans son corps, les yeux mi-clos à la lumière des étoiles revenues, il vit la cour d'une case, et dans cette cour un nourrisson couché qui sanglotait, les bras tendus à une mère absente. Mackam se dressa sur le coude, le cœur battant, la bouche ouverte. Il n'y avait pas d'habitation à cet endroit du village. Il murmura :

– Qui est cet enfant ?

– C'est toi-même, répondit une voix fluette, au-dessus de sa tête.

Il leva le front, tendit le cou et vit un oiseau noir perché sur une branche basse du baobab. Il lui demanda :

– Si c'est moi, pourquoi ai-je crié ?

– Parce que la seule puissance de ton esprit ne pouvait suffire à atteindre la vraie connaissance, lui dit l'oiseau. Il y fallait aussi ton cœur, ta chair, tes souffrances, tes joies. L'enfant qui vit en toi t'a sauvé, Mackam. S'il ne t'avait pas rappelé, tu serais entré dans l'éternité sans espérance, la pire mort : celle où rien ne germe. Brûle-toi à tous les feux, autant ceux du soleil que ceux de la douleur et de l'amour. C'est ainsi que l'on entre dans le vrai savoir.

L'oiseau s'envola. Mackam se leva et s'en fut lentement par les ruelles de son village. De-ci, de-là, devant des portes obscures, brillaient des lumières. Près du puits, l'âne gris dormait, environné d'insectes. Sous l'arbre de la place, une chèvre livrait son flanc à ses petits. Au loin, un chien hurlait à la lune. Pour la première fois, elle parut à Mackam comme une sœur exilée et il se sentit pris de pitié pour elle qui ne connaîtrait jamais le goût du lait et la chaleur d'un lit auprès d'un être aimé.

Krutongo
et le Malheur

Krutongo était chasseur. Son corps était de belle force et son cœur était bon. Son épouse, un soir de pluie, accoucha d'un garçon. L'enfant, à peine né, regarda autour de lui, soupira, puis gémit, puis mourut. Krutongo et sa femme en eurent tant de chagrin qu'ils restèrent longtemps sans plus savoir parler. Après un an leur vint un deuxième garçon. Il ne fit que passer par notre monde. Il n'y demeura qu'une nuit, puis il reprit son chemin. Après encore un an pour la troisième fois l'épouse fut enceinte. Quand Krutongo le sut, il la prit dans ses bras et la berça en pleurant. Tandis qu'ils se tenaient ainsi agrippés l'un à l'autre comme deux perdus, l'homme et la femme se demandaient : « Vivra-t-il ? » Mais ils ne pouvaient rien dire car la peur nouait leur gorge, et l'espoir aussi, qui est parfois pire que la peur.

Le jour de la naissance de ce troisième enfant fut par malheur, comme les autres, un jour de deuil. Alors Krutongo dit à son épouse :

– Ce pays ne nous aime pas. Nous devons le quitter.

Ils firent leurs bagages et se mirent en route. Ils cheminèrent quatre semaines sans guère de repos, franchirent de grands fleuves, des brousses, des marais. Ils arrivèrent enfin dans une plaine verte. Au fond de cette plaine était une forêt. Krutongo flaira l'air, examina le ciel, la forme des nuages, puis il hocha la tête et dit :

– Femme, vivons ici.

Il posa son sac et bâtit sa maison. Après cent jours dans ce nouveau pays, il vit que le ventre de son épouse s'arrondissait encore. Il lui dit :

– Il nous faut de la viande, il nous faut du poisson. Femme, je pars en chasse. Si avant mon retour notre enfant sort de toi, tu devras le mettre au monde sans un gémissement. N'appelle personne à ton aide, surtout n'appelle pas, sinon notre malheur reviendrait aussitôt.

Son épouse promit. Il prit son arc, ses flèches, et de grand matin s'en alla.

Quand le temps de l'enfantement fut venu, Krutongo était encore au-delà de la plaine et de la forêt. Il traquait du gibier le long d'une rivière. Son épouse se coucha dans la maison déserte. Elle se tint le ventre, elle serra les dents, le front ruisselant. Longtemps dans son cœur elle appela son époux. Il ne l'entendit pas, il cheminait au loin, l'œil à l'affût, dans les hautes herbes mouillées. Alors elle soupira, haleta et gémit :

– Pauvre de moi, pauvre de moi, comment accoucher seule ?

À peine eut-elle dit ces mots qu'un homme apparut près du lit. Cet être en vérité avait figure humaine, mais c'était un démon.

– Femme, dit-il, je vais t'aider.

Il mit l'enfant au monde, puis il alluma du feu et fit bouillir des légumes. Quand la soupe fut cuite :

– Femme, as-tu faim ?

Elle répondit que oui. Alors il dit encore :

– Si tu veux manger, donne-moi ton fils.

– Toi, je te reconnais, tu es notre malheur, cria-t-elle en serrant son enfant contre elle. Va-t'en !

Le démon ricana. Il répondit :

– Partir ? Pour aller où ? Je suis très bien ici.

Il mangea seul et s'installa. Il coucha par terre à la

cuisine. Le lendemain il fendit du bois et prépara un nouveau repas.

– Tu n'auras rien, dit-il. Pas la moindre bouchée.

Passèrent quatre jours, et cinq jours, et six jours. La femme peu à peu dépérit. Sa peau se tendit sur les os de son visage et ses yeux s'enfoncèrent sous le front. Son nourrisson se mit à gémir et pleurer contre son sein. Elle ne put l'apaiser. Elle n'avait plus de lait. Pas un instant elle ne détourna son regard de la lucarne, suppliant dans son incessante prière son époux d'apparaître. Elle ne vit rien au loin que les nuages sur le chemin désert. L'espoir l'abandonna.

Or, ce matin-là, comme Krutongo avait fait halte sur la rive du fleuve pour écouter les bruits des herbes, un oiseau se posa sur le bout de sa lance, et là, battant des ailes, il se mit à siffler :

– Vite ! Vite ! Vite !

L'homme leva le front. L'oiseau lui dit encore :

– Vite ! Vite ! Vite !

Le sang de Krutongo s'affola, lui noua la gorge, se mit à battre contre ses tempes. Il pensa : « Ma femme est en danger. » Alors en grande hâte, sans souci des canards sauvages qui fuyaient devant lui il s'en retourna. Il traversa la forêt, agile et bondissant comme un cerf, parvint sur la vaste plaine, courut vers sa maison lointaine, enfin poussa la porte. Son épouse

était assise dans un coin sombre avec son nourrisson. Elle était épuisée. Le démon, près du feu, buvait une écuelle de soupe. Il dit à Krutongo :

– Bienvenue, chasseur ! As-tu fait bon voyage ?

Krutongo lui répondit :

– Le mal est dans ton œil. Sors de cette maison !

– Calme-toi, lui dit l'autre. Je m'en vais, je m'en vais !

Il trotta vers la lumière du jour. Avant d'être dehors, il avait disparu. Krutongo prit dans ses bras sa femme avec l'enfant et tous trois goûtèrent le bonheur des retrouvailles.

– Je ne vous quitterai plus, dit-il. Désormais je cultiverai la terre devant la porte.

Dès le prochain matin il se mit au travail. Il piocha, défricha, brûla l'herbe, puis il dit à sa femme :

– Demain, je sèmerai.

Or, à peine levé, à l'aube naissante, il vint au bord du champ et ne vit devant lui qu'un fouillis de buissons. En une seule nuit tout était revenu, broussailles, cailloux, fourrés, touffes d'épines. « Misère, se dit-il, ce démon de malheur s'acharne contre nous. Visible ou invisible, il nous harcèle et nous harcèlera sans cesse. Comment lui échapper ? »

Il s'en fut visiter grand-mère l'araignée qui sait tout de la vie, qui sait tout de la mort, et qui sait tout aussi de l'entre-vie-et-mort. Elle lui dit :

– Krutongo, mon fils, ton retour de la chasse a fait fuir le Malheur. Il n'ose plus se risquer dans ta maison. C'est une bonne chose. Mais il connaît assez de tours et de maléfices pour t'empêcher de vivre en paix. Ainsi, tous les soirs, comme il l'a déjà fait, il viendra dans ton champ et par sa magie noire il gâtera ton travail du jour. Or, ce malfaisant ne peut être vaincu en combat ordinaire. Sa puissance est trop grande. Tu devras donc ruser, si tu veux t'en débarrasser. Krutongo, tu m'écoutes ?

– Grand-mère, je t'écoute.

– Sculpte une statue de bois avant la nuit prochaine. Fais en sorte qu'elle ressemble à ton épouse, qu'elle ait son visage et sa taille, la courbe de ses hanches, la rondeur de ses seins, et qu'elle porte aussi un enfant dans ses bras. Quand elle sera faite, tu la planteras au milieu de ton champ, tu enduiras son corps de colle d'hévéa, puis tu te cacheras, et tu regarderas. As-tu compris ?

– Grand-mère, j'ai compris.

Il fit tout exactement. Comme le soir tombait il planta la statue bien droite sous la lune, il la badigeonna de colle d'hévéa. Il alla se cacher. Alors l'esprit mauvais apparut sur le chemin. Dès qu'il vit la statue, il courut devant elle.

– Bonsoir, bonne femme, dit-il. Ton mari le chasseur t'a laissée seule ? Tu m'en vois content, te voilà toute à moi !

Il la saisit au cou. Sa main droite resta collée.

– Bougresse, dit-il, tu résistes à ton maître ?

Sa main gauche griffa la figure impassible. Il cria :

– Lâche-moi !

Il lança son pied droit contre la jambe de la statue, puis son pied gauche, cogna des genoux, du ventre, du front. Il se trouva bientôt collé de haut en bas contre la fausse femme. Il se débattit, cracha, hurla. Alors Krutongo se dressa et sortit de sa cachette en brandissant sa longue lance.

– Hé, démon, cria-t-il, nous sommes fatigués de toi. Sais-tu cela ?

– Je m'en vais, chasseur, je m'en vais, gémit l'autre, agité de soubresauts grotesques.

Krutongo tourna autour de lui, puis il dit en riant :

– Est-ce donc ce pantin qui nous a fait si mal ?

Il leva sa lance et d'un coup le tua.

De ce jour il vécut heureux avec sa femme. Quand il entra dans la vieillesse, autour de sa maison était un grand village peuplé de ses fils et de ses filles, tous pères vénérables et mères de famille. Et quand il mourut ses ancêtres l'accueillirent dans l'autre monde avec fierté, car il avait fait ce qu'aucun d'eux n'avait su faire. Il avait vaincu le Malheur.

La Parole

Il était une fois un pêcheur nommé Drid. C'était un homme de bonne fréquentation. Il était vigoureux, d'allure franche et son œil, quand il riait, était aussi vif que le soleil. Or, voici ce qui lui advint.

Un matin, comme il allait le long de la plage, son filet sur l'épaule, la tête dans le vent et les pieds dans le sable mouillé à la lisière des vagues, il rencontra sur son chemin un crâne humain. Ce misérable relief d'homme posé parmi les algues sèches excita aussitôt son humeur joyeuse et bavarde. Il s'arrêta devant lui, se pencha et dit :

– Crâne, pauvre crâne, qui t'a conduit ici ?

Il rit, n'espérant aucune réponse. Pourtant, les mâchoires blanchies s'ouvrirent dans un mauvais grincement et il entendit ce simple mot :

– La parole.

Il fit un bond en arrière, resta un moment à l'affût comme un animal épouvanté, puis voyant cette tête de vieux mort aussi immobile et inoffensive qu'un caillou, il pensa avoir été trompé par quelque sournoiserie de la brise, se rapprocha prudemment et répéta, la voix tremblante, sa question :

– Crâne, pauvre crâne, qui t'a conduit ici ?

– La parole, répondit l'interpellé avec, cette fois, un rien d'impatience douloureuse, et une indiscutable netteté.

Alors Drid se prit à deux poings la gorge, poussa un cri d'effroi, recula, les yeux écarquillés, tourna les talons et s'en fut, les bras au ciel, comme si mille diables étaient à ses trousses. Il courut ainsi jusqu'à son village, le traversa, entra en coup de bourrasque dans la case de son roi. Cet homme de haut vol, majestueusement attablé, était en train de déguster son porcelet matinal. Drid tomba à ses pieds, tout suant et soufflant.

– Roi, dit-il, sur la plage, là-bas, est un crâne qui parle.

– Un crâne qui parle! s'exclama le roi. Homme, es-tu soûl?

Il partit d'un rire rugissant, tandis que Drid protestait avec humilité :

– Soûl, moi ? Misère, je n'ai bu depuis hier qu'une calebasse de lait de chèvre, roi vénéré, je te supplie de me croire, et j'ose à nouveau affirmer que j'ai rencontré tout à l'heure, comme j'allais à ma pêche quotidienne, un crâne aussi franchement parlant que n'importe quel vivant.

– Je n'en crois rien, répondit le roi. Cependant, il se peut que tu dises vrai. Dans ce cas, je ne veux pas risquer de me trouver le dernier à voir et entendre ce bout de mort considérable. Mais je te préviens : si par égarement ou malignité tu t'es laissé aller à me conter une baliverne, homme de rien, tu le paieras de ta tête !

– Je ne crains pas ta colère, roi parfait, car je sais bien que je n'ai pas menti, bafouilla Drid, courant déjà vers la porte.

Le roi se pourlécha les doigts, décrocha son sabre, le mit à sa ceinture et s'en fut, trottant derrière sa bedaine, avec Drid le pêcheur.

Ils cheminèrent le long de la mer jusqu'à la brassée d'algues où était le crâne. Drid se pencha sur lui, et caressant aimablement son front rocheux :

– Crâne, dit-il, voici devant toi le roi de mon village.

Daigne, s'il te plaît, lui dire quelques mots de bienvenue.

Aucun son ne sortit de la mâchoire d'os. Drid s'agenouilla, le cœur soudain battant.

– Crâne, par pitié, parle. Notre roi a l'oreille fine, un murmure lui suffira. Dis-lui, je t'en conjure, qui t'a conduit ici.

Le crâne miraculeux ne parut pas plus entendre qu'un crâne vulgaire, resta aussi sottement posé que le plus médiocre des crânes, aussi muet qu'un crâne imperturbablement installé dans sa définitive condition de crâne, au grand soleil, parmi les algues sèches. Bref, il se tut obstinément. Le roi, fort agacé d'avoir été dérangé pour rien, fit une grimace de dédain, tira son sabre de sa ceinture.

– Maudit menteur, dit-il.

Et sans autre jugement, d'un coup sifflant il trancha la tête de Drid. Après quoi il s'en revint en grommelant à ses affaires de roi, le long des vagues. Alors, tandis qu'il s'éloignait, le crâne ouvrit enfin ses mâchoires grinçantes et dit à la tête du pêcheur qui, roulant sur le sable, venait de s'accoler à sa joue creuse :

– Tête, pauvre tête, qui t'a conduite ici ?

La bouche de Drid s'ouvrit, la langue de Drid sortit entre ses dents et la voix de Drid répondit :

– La parole.

Omburé-
ᴵᵉ-Crocodile

Les Fans vivaient autrefois au bord d'un fleuve puissant et large. Entre ce fleuve et la forêt ils avaient éta-
bli leur village circulaire bâti de huttes de bois. Or, sur
la rive bourbeuse vivait aussi un crocodile gigantesque
nommé Omburé. Sa carapace était épaisse comme une
muraille, sa gueule énorme armée de dents aussi
longues et pointues que des poignards. Chaque fois
qu'il bâillait dans les broussailles sèches, une nuée d'oiseaux épouvantés s'envolaient vers tous les horizons.

Omburé était en vérité un de ces ancêtres monstrueux créés sur terre avant les hommes. Son savoir était grand, sa puissance était celle des dieux, ses famines effrayaient les éléphants.

Un jour, Omburé-le-crocodile s'en vient au village des Fans, les griffes grinçant sur les cailloux, le ventre creusant la terre. Au seuil de la hutte du chef, sur la place, il s'arrête et ouvrant sa gueule aussi haute que la porte, il dit :

– Les oiseaux et les poissons de la rive n'apaisent plus ma faim. Je veux maintenant manger un jour un homme, le lendemain une femme et le premier jour de chaque lune, une jeune fille. Si vous refusez de me les donner, je dévorerai tout le village.

Ses dents claquent, Omburé s'en retourne vers le fleuve. Le chemin tremble sous ses pattes courtes. Les hommes baissent la tête. Comment désobéir ? Les guerriers-crocodiles d'Omburé cernent le village. Le peuple fan gémit de rage, mais se soumet. Un homme est conduit pieds et poings liés, au bord du fleuve. Dans les broussailles on l'abandonne. Le lendemain, une femme. Ainsi passent quelques cruelles semaines. Alors le chef des Fans réunit à l'ombre d'un arbre centenaire les vieillards du village et leur dit :

– Omburé-le-crocodile nous ronge et nous détruit jour après jour. Nous ne pourrons survivre longtemps à ses ravages. Ce soir, après la nuit tombée, rassemblez en secret les femmes et les enfants à la lisière de la forêt et fuyons vers un pays plus hospitalier.

Ils font ainsi. Au crépuscule ils abandonnent leur maison et s'en vont, dans la nuit, sous les arbres.

Le lendemain Omburé attend sa proie au bord du fleuve. Il grince des dents, regarde vers le village et ne voit rien venir, sur le sentier. Alors, méfiant, il se traîne sur la rive, et dans une touffe de roseaux, il appelle l'esprit des eaux. L'esprit des eaux apparaît sur les vagues pareil à un gros poisson doré. Il lui dit :

– Omburé, les hommes sont partis.

Un roulement de tonnerre gronde dans la gorge du monstre-crocodile. Ses pattes griffues battant la terre font un formidable bruit de tambour. Il s'en va sur les traces des Fans, à travers la forêt. Après de longues semaines de marche, il les retrouve, établis dans un nouveau village qu'ils ont baptisé Aku-rengan, ce qui veut dire : Délivrance-du-crocodile. Omburé s'avance dans la rue d'Akurengan. Le voici devant la hutte du chef, sur la place. Il lui dit d'une voix rocailleuse :

– Je suis heureux de vous revoir, toi et les tiens, car j'ai faim. Désormais tu me donneras un jour deux hommes et le lendemain deux femmes. Je veux ta fille aussi. Tout de suite.

La fille du chef apparaît sur le seuil de la hutte. Le crocodile l'emporte, et son père gémit, la tête dans les mains.

Omburé ne dévore pas cette jeune fille mélancolique et belle. Il fait d'elle sa femme, au bord du fleuve. Une année après ses noces, elle met au monde un garçon que l'on baptise Gurangurané. Sept ans passent. Maintenant Gurangurané est un enfant grand comme un homme et son front est comme les rocs de la montagne. Il est puissant, il est aussi savant que ses ancêtres sorciers, et il déteste son père Omburé qui saigne lentement le peuple de sa mère. Un jour il décide de le tuer. Il fait creuser, dans trois rochers, trois bassins. Il les remplit d'alcool de palme. Il les fait traîner au bord du fleuve avec les deux captifs que le peuple fan doit livrer chaque jour. Omburé sort des broussailles. Il flaire l'odeur de l'alcool et ses narines frémissent. Il goûte à ce breuvage nouveau, il s'en régale, il boit goulûment. Bientôt, l'esprit brumeux, il s'effondre dans l'herbe, il chante, s'endort et ronfle bruyamment. Gurangurané vient, se penche sur lui, le remue du bout du pied. Il tient dans son poing la pierre-de-l'éclair. Il la dépose entre les yeux fermés du monstre-crocodile, son père. Il dit :

– Éclair, frappe.

Un rayon de feu jaillit, perce la cuirasse d'Omburé.

Omburé ne ronfle plus, ne respire plus, ne bouge plus :
il est mort foudroyé.

Alors, les gens du village viennent et dansent
autour de la carcasse. Ils dansent leur délivrance, ils
dansent aussi pour apaiser l'esprit d'Omburé, l'ancêtre.

Car il faut que les vieux pères reposent en paix.

Le Conte
des Échanges

Une femme avait deux garçons. Un jour elle alla ramasser du bois. Elle s'en revint avec un fagot sur la tête. En haut de ce fagot étaient deux oiseaux rouges. Ils s'étaient posés là, leurs pattes s'étaient prises dans l'enchevêtrement des branches. La mère à ses enfants donna l'un, donna l'autre. L'aîné dit :

– Mon ventre gargouille ! Je vais le plumer, le rôtir. Mère, allume le feu !

– Moi, dit le cadet, je garde le mien. Je vais l'échanger.

– Frère, contre quoi ?

– La fille d'un chef.

– La fille d'un chef contre un oiseau rouge ? Frère, tu perds la raison !

– Tant mieux et tant pis. Adieu, frère aîné. Adieu, ma mère.

Il prit son oiseau et s'en alla.

Au premier village il vit des enfants qui jouaient devant une forge.

– Garçon, donne-nous ton oiseau rouge.

– Amis, le voici.

Les enfants prirent la volaille, lui tordirent le cou, la firent griller. Le garçon s'assit dans la poussière, se mit à pleurer.

– Rendez-moi l'oiseau de ma mère !

– Tais-toi, lui dirent les autres. Nous te donnerons un couteau.

Le garçon s'en fut avec son couteau. Il arriva bientôt au bord d'un étang. Là étaient des gens accroupis à quatre pattes, comme des chiens. Ils étaient occupés à trancher des bambous à coups de dents. Ils grognaient, geignaient, mordaient et rognaient. Leur bouche saignait. Ils s'acharnaient en vain.

– Prenez mon couteau, leur dit le garçon. Vous couperez mieux.

– Merci, lui dirent les gens.

Ils coupèrent sec, ils coupèrent dur. La lame grinça, se brisa. Le garçon gémit :

– Rendez-moi le couteau que m'ont donné qui ? Les gens de la forge contre un oiseau rouge que m'a donné qui ? Ma mère, ma mère !

Les autres lui dirent :

– Calme-toi. Nous te donnerons un panier d'osier.

Le garçon s'en alla, son panier au bras. Au bord de la route il vit un grand champ, et dans ce grand champ des hommes courbés sur la terre. Ces gens emplissaient leurs habits de fèves. Leurs poches crevaient. Par les déchirures ils les perdaient toutes. Le garçon leur dit :

– Prenez mon panier.

Le panier fut bientôt plein. On en mit encore, on s'assit dessus pour que tout y tienne. Le panier craqua, se fendit. Le garçon cria, le front dans ses mains :

– Rendez-moi le panier d'osier que m'ont donné qui ? Les gens des bambous contre un long couteau que m'ont donné qui ? Les gens de la forge contre un oiseau rouge que m'a donné qui ? Ma mère, ma mère !

– Garçon, ne crains pas, lui dirent les gens en riant pour tromper sa peine. Nous te donnerons un pot d'huile.

Le garçon partit, son pot dans les bras. Le voici venu devant un grand arbre. Cet arbre était blanc. Tronc, branches, feuillage, il était tout blanc.

– Arbre, tu es pâle, lui dit le garçon.

L'arbre répondit :

– Garçon, je suis malade. Je pourrais guérir si tu me donnais de ton huile douce qui sent bon la vie.

Le garçon frotta l'arbre d'huile, puis il s'assit et se mit à chanter, à voix forte et triste :

– Rends-moi le pot d'huile que m'ont donné qui ? Ceux du champ de fèves contre un panier rond que m'ont donné qui ? Les gens des bambous contre un long couteau que m'ont donné qui ? Les gens de la forge contre un oiseau rouge que m'a donné qui ? Ma mère, ma mère !

L'arbre lui donna un fagot de branches. Le garçon s'en alla, l'échine courbée sous sa charge. Il vit des marchands à l'ombre d'un rocher. Ces marchands cuisaient leur soupe du soir. Mais que brûlaient-ils sous leur chaudron ? Leurs souliers, leurs ongles, leurs cheveux, leur barbe.

– Prenez mon bois, dit le garçon.

Ils firent une flambée haute et claire. Quand ne resta plus que cendre et charbon, le garçon cogna du talon. Sa voix s'éleva, poursuivant au ciel la fumée enfuie.

– Rendez-moi le fagot de branches que m'a donné qui ? L'arbre maladif contre l'huile douce que m'ont donnée qui ? Ceux du champ de fèves contre un panier rond que m'ont donné qui ? Les gens des bambous

contre un long couteau que m'ont donné qui ? Les gens
de la forge contre un oiseau rouge que m'a donné qui ?
Ma mère, ma mère !

– Voici du sel, dirent les marchands. Tu y gagnes au
change.

Ils lui en donnèrent un grand sac. Le garçon courut
jusqu'au bord du fleuve, goûta l'eau, cracha. Le fleuve
lui dit :

– Tu ne m'aimes pas ?

– Fleuve, tu es fade.

– Garçon, sale-moi, et j'aurai du goût.

Le garçon versa dans le fleuve une pluie de sel.
Quand le sac fut vide il se pencha, et ouvrant les bras
à son reflet dans l'eau :

– Rends-moi le sac de sel que m'ont donné qui ? Des
marchands au camp contre un fagot lourd que m'a
donné qui ? L'arbre maladif contre l'huile douce que
m'ont donnée qui ? Ceux du champ de fèves contre un
panier rond que m'ont donné qui ? Les gens des bambous contre un long couteau que m'ont donné qui ? Les
gens de la forge contre un oiseau rouge que m'a donné
qui ? Ma mère, ma mère !

– Voici mes poissons, lui dit le fleuve. Prends, ils
sont tous à toi.

Le garçon chargea sur l'épaule son sac ruisselant. Il
parvint bientôt dans un beau village. Des esclaves cou-
raient çà et là, poursuivant des rats et des sauterelles.

Le garçon leur dit :

– Hé, que faites-vous ?

– Notre chef reçoit soixante étrangers, et nous n'avons rien à manger. Nous chassons ces bêtes pour le grand dîner !

– Hommes, menez-moi devant votre maître.

Quand il y fut :

– Seigneur, voici de quoi nourrir tes invités, dit-il en posant sur la table son sac de poissons mouillés.

On cria merci, on fit la cuisine, on servit soixante plats sur des feuilles de palme. Quand tout fut mangé, le garçon s'en fut sous l'arbre à palabres. Il joua du pipeau, battit du tambour de danse et chanta ces paroles :

– Hommes, rendez-moi les poissons luisants que m'a donnés qui ? Le fleuve puissant contre un sac de sel que m'ont donné qui ? Des marchands au camp contre un fagot lourd que m'a donné qui ? L'arbre maladif contre l'huile douce que m'ont donnée qui ? Ceux du champ de fèves contre un panier rond que m'ont donné qui ? Les gens des bambous contre un long couteau que m'ont donné qui ? Les gens de la forge contre un oiseau rouge que m'a donné qui ? Ma mère, ma mère !

– Que veux-tu, garçon ? demanda le chef.

– Ta fille en mariage.

– Prends-la, aimez-vous et soyez heureux.

La belle fille en robe dorée, lui-même vêtu d'habits nobles, tous deux chevauchant une jument blanche revinrent au village où étaient la mère et le frère aîné.

– Frère aîné, salut ! Voici mon épouse. Je l'ai échangée contre l'oiseau rouge !

L'autre en fut si surpris qu'il disparut sous terre.

J'ai pris ce conte par l'oreille, je l'ai chauffé dans mes dedans, sur mon souffle je l'ai rendu.

La Question

Même les enfants connaissaient Doffou Séringué Taïba M'Baye. Ils n'étaient certes pas capables de goûter son enseignement, et pourtant, quand il sortait sur le pas de sa case pour flairer le soleil dans l'air du matin, tous l'appelaient par son nom, l'entouraient, le suppliaient en tirant sur son vêtement de vieux coton :

– Doffou Séringué, raconte ! Doffou Séringué, chante ! Chante !

Doffou Séringué s'asseyait dans la poussière, levait l'index, et racontait, et chantait. Ainsi passait la première heure du jour. Puis venaient les hommes épris de sagesse. Du Nord où était le grand fleuve, du Sud où était la forêt, de la mer de l'Ouest, des montagnes du Levant, tous les jours arrivaient des pèlerins qui avaient entendu parler de son infini savoir. Devant lui, dans sa case, ils s'asseyaient en demi-cercle, et jusqu'au soir écoutaient sa parole puissante, ses jugements vénérables, ses silences subtils, ses rires chevrotants aussi, car Doffou Séringué Taïba M'Baye était de ces sages dont même les rires étaient nourrissants.

Or, un soir, tandis qu'il devisait calmement parmi les bouches bées, entre sa grande cruche emplie d'eau fraîche et le foyer où brûlaient des herbes odorantes, une rumeur traversée de piaillements de femmes et de courses d'enfants envahit soudain le village. Doffou Séringué haussa les sourcils, tendit le cou. Un marmot essoufflé apparut dans l'encadrement de la porte, les yeux brillants, les dents épanouies, et cria, désignant derrière lui le soleil couchant entre deux arbres :

– Poulo Kangado ! Le berger fou ! Il arrive !

La nouvelle était d'importance. Poulo Kangado était aussi connu dans le pays que Doffou Séringué. Mais autant Doffou Séringué était affable et de bonne compagnie, autant Poulo Kangado était solitaire, farouche, et d'aspect effrayant. Il était grand, très maigre, ne souriait jamais et ne marchait qu'à grandes enjambées cliquetantes, encombré par son sabre pendu à la ceinture

de son boubou loqueteux, par sa longue lance qui ne quittait jamais sa main gauche et les ferrailles rouillées ramassées le long des chemins, qu'il portait attachées autour de son cou, comme des trophées. On l'appelait le berger fou parce que, disait-on, il passait ses nuits non pas à dormir, comme tout vivant convenable, mais à interroger les étoiles. De plus, il n'usait de sa parole rare que pour poser des questions auxquelles n'était pas de réponse, ce qui mécontentait gravement les sages. Doffou Séringué et ses disciples assemblés entendirent soudain sa voix forte, dehors, dans l'air du soir :

– Faites place, enfants, faites place ! Que l'un de vous me conduise chez Doffou Séringué ! Le vénéré Doffou Séringué, c'est lui que je cherche !

– Nous te conduirons si tu nous dis d'abord une vérité vraie, répondirent des voix menues, rieuses.

– Une vérité vraie ? Sont belles toutes choses nouvelles, sauf une !

– Laquelle, Poulo Kangado ? Laquelle ?

– La mort !

À peine ce mot sorti de sa bouche, Poulo Kangado franchit le seuil de la case où Doffou Séringué enseignait les mystères de la vie. Il salua la compagnie, et, se taillant une place à coups de genoux et de hanches osseuses, vint s'asseoir devant celui qu'il désirait entendre, entre la cruche d'eau et les braises du foyer.

– Que veux-tu, homme ? lui demanda Doffou Séringué.

– En vérité pas grand-chose, vénérable maître, répondit l'autre de sa voix rudement sonnante. J'ai déjà ce que Dieu n'a pas, et je peux ce que Dieu ne peut pas.

Doffou Séringué baissa la tête pour dissimuler un sourire amusé, tandis que les hommes, la mine énormément stupéfaite, se tournaient vers le sauvage impassible planté au milieu d'eux, et plus grand que tous d'une bonne tête.

– Qu'as-tu donc, homme, que Dieu ne possède pas ? demanda le vieux sage, sans lever le front.

– Un père et une mère, vénérable maître. À ce qu'on dit, Dieu n'en a pas.

Doffou Séringué laissa fuser un petit rire entre ses lèvres.

– C'est juste, dit-il. Et que peux-tu faire qui ne soit pas dans le pouvoir de Dieu ?

– Il sait tout et voit tout. Je peux être ignorant. Je peux être aveugle, répondit le berger fou d'un air de fière évidence, en redressant encore sa haute taille.

– C'est encore juste, admit Doffou Séringué. Que puis-je donc pour toi, qui sembles savoir plus que je n'ai jamais su ?

– Une énigme me tourmente, vénérable maître, répondit Poulo Kangado.

Il pencha son grand corps vers le foyer, saisit entre ses doigts une braise aussi rouge qu'un soleil couchant et la lança dans la cruche. Aussitôt s'échappa de l'eau un sifflement vif et une brève volute de vapeur. Poulo Kangado resta un instant silencieux, s'assura que chacun n'avait rien perdu de ses gestes, puis :

– Vénérable maître, dit-il, je voudrais savoir qui, de l'eau ou de la braise, a fait ce « tchouff » que nous venons d'entendre.

Doffou Séringué le contempla un moment avec une fixité songeuse, puis son regard se perdit au loin.

– Cela mérite réflexion, dit-il.

À nouveau, il baissa la tête. Ses disciples alentour courbèrent le dos, et tous s'abîmèrent dans un silence si perplexe et profond que l'on entendit la main de Poulo Kangado glisser le long du manche de sa lance dressée.

La nuit tomba. La lune apparut dans le ciel, puis les étoiles. Sur la place désertée n'erraient plus maintenant que quelques chiens las. Les plus vieux des méditants, le menton sur la poitrine, s'abandonnaient au sommeil que l'énigme irrésolue ne pouvait plus retenir. Seul, Poulo Kangado se tenait encore la tête haute et les yeux grands ouverts, guettant le moindre mouvement du maître obstinément immobile et muet. Sa lance lui échappa pourtant, signe qu'une somnolence sournoise

l'envahissait aussi. Elle rebondit bruyamment contre le pilier de la case et se ficha dans le mur. Alors Doffou Séringué releva enfin le front et dit, l'œil vif et la mine enjouée, tandis que tous semblaient s'éveiller en sursaut :

– Poulo Kangado, mon fils, je viens de trouver qui, de la braise ou de l'eau, a fait ce sifflement qui tourmente ton esprit. Mais avant que je te l'apprenne, tu dois d'abord répondre à la question que je vais te poser.

Il leva sa longue main de lettré et, d'un élan tout à coup débridé, fit claquer une gifle sonore sur la joue creuse du grand berger. Puis, se penchant en avant, affable et malicieux :

– Qui, de ma main ou de ta joue, a fait ce « kak » que nous venons d'entendre ?

Poulo Kangado resta un moment extrêmement ébahi, puis ouvrit la bouche et dit :

– Cela mérite réflexion, vénérable maître.

Et il s'en fut dans la nuit interroger les étoiles.

Le **Nom**

Il était une fois un village qui n'avait pas de nom. Personne ne l'avait jamais présenté au monde. Personne n'avait jamais prononcé la parole par laquelle une somme de maisons, un écheveau de ruelles, d'empreintes, de souvenirs sont désignés à l'affection des gens et à la bienveillance de Dieu. On ne l'appelait même pas « le village sans nom », car, ainsi nommé, il se serait aussitôt vêtu de mélancolie, de secret, de mystère, d'habitants crépusculaires, et il aurait pris place dans l'entendement des hommes. Il aurait eu un nom. Or, rien ne le distinguait des autres, et pourtant il n'était en rien leur parent, car seul il était dépourvu de ce mot sans lequel il n'est pas de halte sûre. Les femmes qui l'habitaient n'avaient pas d'enfants. Personne ne savait pourquoi. Pourtant nul n'avait jamais songé à aller vivre ailleurs, car c'était vraiment un bel endroit que ce village. Rien n'y manquait, et la lumière y était belle.

Or, il advint qu'un jour une jeune femme de cette assemblée de cases s'en fut en chantant par la brousse voisine. Personne avant elle n'avait eu l'idée de laisser aller ainsi les musiques de son cœur. Comme elle ramassait du bois et cueillait des fruits, elle entendit soudain un oiseau répondre à son chant dans le feuillage. Elle leva la tête, étonnée, contente.

– Oiseau, s'écria-t-elle, comme ta voix est heureuse et bienfaisante ! Dis-moi ton nom, que nous le chantions ensemble !

L'oiseau voleta de branche en branche parmi les feuilles bruissantes, se percha à portée de main et répondit :

– Mon nom, femme ? Qu'en feras-tu quand nous aurons chanté ?

– Je le dirai à ceux de mon village.

– Quel est le nom de ton village ?

– Il n'en a pas, murmura-t-elle, baissant le front.

– Alors, devine le mien ! lui dit l'oiseau dans un éclat moqueur.

Il battit des ailes et s'en fut. La jeune femme, piquée au cœur, ramassa vivement un caillou et le lança à l'envolé. Elle ne voulait que l'effrayer. Elle le tua. Il tomba dans l'herbe, saignant du bec, eut un sursaut misérable et ne bougea plus. La jeune femme se pencha sur lui, poussa un petit cri désolé, le prit dans sa main et le ramena au village.

Au seuil de sa case, les yeux mouillés de larmes, elle le montra à son mari. L'homme fronça les sourcils, se renfrogna et dit :

– Tu as tué un laro. Un oiseau-marabout. C'est grave.

Les voisins s'assemblèrent autour d'eux, penchèrent leurs fronts soucieux sur la main ouverte où gisait la bestiole.

– C'est en effet un laro, dirent-ils. Cet oiseau est sacré. Le tuer porte malheur.

– Que puis-je faire, homme, que puis-je faire ? gémit la femme, tournant partout la tête, baisant le corps sans vie, essayant de le réchauffer contre ses lèvres tremblantes.

– Allons voir le chef du village, dit son mari.

Ils y furent, femme, époux et voisins. Quand la femme eut conté son aventure, le chef du village, catastrophé, dit à tous :

– Faisons-lui de belles funérailles pour apaiser son âme. Nous ne pouvons rien d'autre.

Trois jours et trois nuits, on battit le tam-tam funèbre et l'on dansa autour de l'oiseau-marabout. Puis on le pria de ne point garder rancune du mal qu'on lui avait fait, et on l'ensevelit.

Six semaines plus tard, la femme qui avait la première chanté dans la brousse et tué le laro se sentit un enfant dans le ventre. Jamais auparavant un semblable événement n'était survenu au village. Dès qu'elle l'eut annoncé, toute rieuse, sous l'arbre au vaste feuillage qui ombrageait la place, on voulut fêter l'épouse féconde et l'honorer comme une porteuse de miracle. Tous, empressés à la satisfaire, lui demandèrent ce qu'elle désirait. Elle répondit :

– L'oiseau-marabout est maintenant enterré chez nous. Je l'ai tué parce que notre village n'avait pas de nom. Que ce lieu où nous vivons soit donc appelé Laro, en mémoire du mort. C'est là tout ce que je veux.

– Bien parlé, dit le chef du village.

On fit des galettes odorantes, on but jusqu'à tomber dans la poussière et l'on dansa jusqu'à faire trembler le ciel.

La femme mit au monde un fils. Alors toutes les épouses du village se trouvèrent enceintes. Les ruelles et la brousse alentour s'emplirent bientôt de cris d'enfants. Et aux voyageurs fourbus qui vinrent (alors que nul n'était jamais venu) et qui demandèrent quel était ce village hospitalier où le chemin du jour les avait conduits, on répondit fièrement :

– C'est celui de Laro.

À ceux qui voulurent savoir pourquoi il était ainsi nommé, on conta cette histoire. Et à ceux qui restèrent incrédules et exigèrent la vérité, on prit coutume de dire :

– D'abord fut le chant d'une femme.

Le chant provoqua la question.

La question fit surgir la mort.

La mort fit germer la vie.

La vie mit au monde le nom.

Kiutu
et la Mort

Un jour une épouvantable famine s'abattit sur la terre d'Afrique. Alors, un enfant nommé Kiutu quitta son village et s'en alla par les chemins. Kiutu était fluet, ses yeux étaient grands comme la fringale qui creusait son ventre. Il erra longtemps dans la forêt où les oiseaux ne chantaient plus, où les singes au regard triste se goinfraient de feuilles sèches, il erra jusqu'à ce qu'il parvienne devant le corps d'un homme couché sur des arbres écrasés : c'était un géant endormi. Dans ses narines grandes comme des cavernes ronflaient des bourrasques. Sa chevelure se confondait avec sa barbe, longue comme un fleuve. Kiutu aurait pu s'y noyer dedans. Il fit le tour de ce colosse, prudemment. Mais comme il passait devant son œil la paupière se souleva, la bouche s'ouvrit et l'enfant entendit ces mots terribles :

– Que veux-tu, insecte ?

– Ce que je veux ? répondit-il, assis par terre, car le fracas de la voix du géant l'avait renversé. Ce que je veux ? Manger. J'ai faim.

Le géant se souleva sur le coude, caressa sa barbe où quelques arbres étaient empêtrés et dit :

– J'ai besoin d'un domestique. Je te prends à mon service. Tu seras logé et nourri.

– Je suis d'accord, répondit Kiutu. Mais d'abord j'aimerais savoir qui vous êtes.

– Je suis la Mort, rugit le géant. Maintenant au travail.

C'est ainsi que Kiutu entra au service de la Mort. Sa besogne était facile : monsieur Mort était souvent absent. Kiutu balayait sa maison, et comme le garde-manger était toujours bien garni, il passait plus de temps à faire bombance qu'à briquer la baraque. Un jour, de retour d'un long voyage, monsieur Mort le prit au creux de la main et l'enfant-domestique aussitôt se retrouva en plein ciel, bien au-dessus de la cime des arbres, à la hauteur de la bouche gigantesque qui lui dit :

– Petit, j'ai envie de prendre femme. Reviens dans ton village, trouve une fille à marier et ramène-la.

Monsieur Mort porta Kiutu jusqu'à l'orée de la forêt. Son village était dans la savane, au bord du fleuve presque sec. Kiutu y courut. La famine était toujours aussi terrible. Il ne vit partout que pauvres gens aux figures maigres, aux yeux cernés, aux côtes saillantes. Devant la hutte de sa famille il trouva sa sœur, assise dans la poussière, tellement fatiguée qu'elle n'arriva même pas à lever les bras pour embrasser son frère. Kiutu lui dit :

– Viens, j'ai trouvé pour toi un mari. Tu seras bien nourrie et bien logée.

Sans attendre sa réponse il la prit par la main et la traîna sur le chemin, jusqu'à la lisière de la forêt. Là, monsieur Mort les attendait. Il les déposa dans son oreille et retourna chez lui.

Le lendemain matin, Kiutu trouva le géant endormi devant sa porte. Il entra dans la maison pour dire bonjour à sa sœur. Il ne vit dans la grande cuisine qu'un tas d'ossements humains, jetés pêle-mêle dans un coin : monsieur Mort avait dévoré son épouse. Kiutu en fut scandalisé. « Comment ? se dit-il, je donne mon unique sœur en mariage à ce balourd, et il la mange ! »

Il sortit, furibond, alluma un grand feu de broussailles et incendia la longue chevelure de monsieur

Mort. Le feu embrasa ses sourcils, sa barbe, sa tête et bientôt monsieur Mort, le visage calciné, ne respira plus. Kiutu grimpa sur son crâne fumant et salua le soleil en riant. Alors il trébucha contre un petit sac, calé dans une ride du front brûlé. Il prit ce sac, l'ouvrit. Il était plein de poudre blanche. « Je suis sûr, se dit Kiutu, que voilà une fameuse médecine magique. »

Il l'emporta dans la maison et de cette poudre blanche il saupoudra les ossements de sa sœur qui, aussitôt, ressuscita, fraîche comme une fleur au matin. Ils s'embrassèrent, et s'en allèrent en courant, en dansant, en criant :

– Nous avons vaincu la Mort ! Nous avons vaincu la Mort !

Hélas, Kiutu, en empoignant le sac sur la tête colossale, avait laissé tomber quelques grains de poudre sur la paupière du géant. L'œil s'ouvrit, seul vivant dans l'énorme visage charbonneux et des hommes moururent sur la terre. Depuis, il en est ainsi : chaque fois que l'œil de la Mort s'ouvre, il mange de la lumière et des hommes s'éteignent, et des vies s'en vont, et des voix se taisent, et les histoires finissent.

Le Serpent d'Ouagadou

Au Ghana fut autrefois une grande cité, populeuse et riche que l'on appelait Ouagadou. Le long de ses ruelles blanches, sur ses marchés multicolores, dans le parfum des fruits, des légumes, des épices, les femmes ornées de lourds bijoux, les hommes, leur canne au pommeau d'or sous le bras, allaient, insouciants parmi leurs enfants vifs. Ils ignoraient la pauvreté. Mais la prospérité d'Ouagadou n'était pas leur œuvre : ils la devaient à un énorme et merveilleux serpent qui vivait au fond d'un puits, au cœur de la ville, dans un vaste jardin. Son nom était Bira. Or, le serpent Bira n'était pas un bienfaiteur désintéressé. Il acceptait de fertiliser la terre, de faire pousser l'or dans la montagne et les fruits dans les vergers, à condition d'être payé en vies humaines. On lui donnait donc, en offrande, le jour de chaque nouvel an, la plus belle fille de la ville que l'on conduisait en grande cérémonie au bord du puits sacré, parée comme une mariée. On l'abandonnait là, et personne ne la revoyait jamais.

Un jour, une jeune fille nommée Sia est désignée par le tribunal des anciens de la cité pour être offerte en sacrifice au serpent Bira. Elle a seize ans, ses yeux noirs sont lumineux comme le soleil à midi, sa peau est fine et douce comme le sable. Elle est belle, elle est la fiancée d'un jeune homme nommé Adou-le-taciturne. Adou-le-taciturne aime Sia plus que la vie paisible parmi les siens, plus que le ciel calme sur les terrasses d'Ouagadou, plus que cet étrange, terrible et merveilleux serpent qui fait depuis si longtemps le beau temps sur sa tête. Mais songeant à l'amie condamnée, il ne peut rien entreprendre pour la sauver. Il pleure à perdre les yeux. Le voici devant sa porte, assis contre le mur, le front dans ses mains. Le soir tombe. Dans le ciel les premières étoiles s'allument. Demain matin Sia sera sacrifiée. Adou-le-taciturne a si mal dans sa poitrine qu'il ne peut rester ainsi, sans rien faire. Il tire son sabre de son fourreau de cuir et l'aiguise lentement sur une pierre dure. Toute la nuit il affûte la lame d'acier. À l'aube, l'arme est si tranchante qu'elle coupe le vent. Alors il va dans le jardin au cœur de la ville, et tout près du puits sacré, dans un tas d'herbes sèches, il se cache.

Parmi les premiers rayons du soleil, les anciens en cortège marchent lentement, conduisant Sia, tête basse, au sacrifice. Le battement sourd des tambours résonne dans les rues lointaines. Le long d'une allée de figuiers s'avance la procession. Sia est vêtue d'habits blancs brodés d'or. À ses poignets, à ses chevilles, tintent des bracelets. Au bord du puits elle s'agenouille, les mains sur les yeux. Les vieillards qui l'ont accompagnée la saluent gravement et lui disent l'un après l'autre ces mots solennels et résignés :

– Reste ici et pardonne-nous.

Ils s'en vont.

À peine ont-ils disparu derrière les arbres que la tête pointue du serpent Bira émerge du puits. Ses yeux sont luisants comme des eaux dormantes, son cou est puissant comme un tronc de palmier, son ventre blanc comme l'aube et son corps ondulant se courbe vers Sia agenouillée. Adou-le-taciturne, dans son tas de feuilles, serre les poings sur son sabre. Des écailles pareilles

à des pépites d'or brillent sur le front du serpent Bira. Sa gueule s'ouvre armée de dents aiguës comme des pointes de lances. Le sabre d'Adou-le-taciturne fend l'air et s'abat. Dans un jaillissement d'écume sanglante le corps du serpent Bira plonge au fond du puits et sa tête s'envole.

Elle tournoie un instant, cette tête fabuleuse, au-dessus de Sia et d'Adou enlacés, elle tournoie lentement le temps de dire, d'une voix terrible et calme :

— Pendant sept ans, sept mois et sept jours la cité d'Ouagadou et le pays alentour ne recevront ni pluie d'eau ni pluie d'or.

Puis elle s'éloigne et disparaît dans le ciel bleu.

Le serpent Bira était étrangement puissant et les Anciens avaient raison de le craindre. Le jeune téméraire qui osa trancher sa tête ruina du même coup l'empire du Ghana, le plus fameux d'Afrique. Les rivières se sont taries ; les dunes du désert ont roulé sur les prairies, la famine et la soif ont poussé les hommes vers des terres plus accueillantes. C'est pourquoi, maintenant, les splendeurs de la ville d'Ouagadou ne sont plus que des rêves tristes sous des linceuls de sable.

Le **Trésor** du **Baobab**

Un jour de grande chaleur, un lièvre fit halte dans l'ombre d'un baobab, s'assit sur son train et, contemplant au loin la brousse bruissante sous le vent brûlant, il se sentit infiniment bien. « Baobab, pensa-t-il, comme ton ombre est fraîche et légère dans le brasier de midi ! » Il leva le museau vers les branches puissantes. Les feuilles se mirent à frissonner d'aise, heureuses des pensées amicales qui montaient vers elles. Le lièvre rit, les voyant contentes. Il resta un moment béat, puis clignant de l'œil et claquant de la langue, pris de malice joueuse :

– Certes, ton ombre est bonne, dit-il. Assurément meilleure que ton fruit. Je ne veux pas médire, mais celui qui me pend au-dessus de la tête m'a tout l'air d'une outre d'eau tiède.

Le baobab, dépité d'entendre ainsi douter de ses saveurs, après le compliment qui lui avait ouvert l'âme, se piqua au jeu. Il laissa tomber son fruit dans une touffe d'herbe. Le lièvre le flaira, le goûta, le trouva délicieux. Alors il le dévora, s'en pourlécha le museau, hocha la tête. Le grand arbre, impatient d'entendre son verdict, se retint de respirer.

– Ton fruit est bon, admit le lièvre.

Puis il sourit, repris par son allégresse taquine, et dit encore :

– Assurément il est meilleur que ton cœur. Pardonne ma franchise : ce cœur qui bat en toi me paraît plus dur qu'une pierre.

Le baobab, entendant ces paroles, se sentit envahi par une émotion qu'il n'avait jamais connue. Offrir à ce petit être ses beautés les plus secrètes, Dieu du ciel, il le désirait, mais tout à coup, quelle peur il avait de les dévoiler au grand jour ! Lentement il entrouvrit son écorce. Alors apparurent des perles en colliers, des pagnes brodés, des sandales fines, des bijoux d'or. Toutes ces merveilles qui emplissaient le cœur du baobab se déversèrent à profusion devant le lièvre dont le museau frémit et les yeux s'éblouirent.

– Merci, merci, tu es le meilleur et le plus bel arbre du monde, dit-il, riant comme un enfant comblé et ramassant fièvreusement le magnifique trésor.

Il s'en revint chez lui, l'échine lourde de tous ces biens. Sa femme l'accueillit avec une joie bondissante. Elle le déchargea à la hâte de son beau fardeau, revêtit pagnes et sandales, orna son cou de bijoux et sortit dans la brousse, impatiente de s'y faire admirer de ses compagnes.

Elle rencontra une hyène. Cette charognarde, éblouie par les enviables richesses qui lui venaient devant, s'en fut aussitôt à la tanière du lièvre et lui demanda où il avait trouvé ces ornements superbes dont son épouse était vêtue. L'autre lui conta ce qu'il avait dit et fait à l'ombre du baobab. La hyène y courut, les yeux allumés, avide des mêmes biens. Elle y joua le même jeu. Le baobab, que la joie du lièvre avait grandement réjoui, à nouveau se plut à donner sa fraîcheur, puis la musique de son feuillage, puis la saveur de son fruit, enfin la beauté de son cœur.

Mais, quand l'écorce se fendit, la hyène se jeta sur les merveilles offertes comme sur une proie, et fouillant des griffes et des crocs les profondeurs du grand arbre pour en arracher plus encore, elle se mit à gronder :

– Et dans tes entrailles, qu'y a-t-il ? Je veux aussi dévorer tes entrailles ! Je veux tout de toi, jusqu'à tes racines ! Je veux tout, entends-tu ?

Le baobab blessé, déchiré, pris d'effroi aussitôt se referma sur ses trésors et la hyène insatisfaite et rageuse s'en retourna bredouille vers la forêt.

Depuis ce jour elle cherche désespérément d'illusoires jouissances dans les bêtes mortes qu'elle rencontre, sans jamais entendre la brise simple qui apaise l'esprit. Quant au baobab, il n'ouvre plus son cœur à personne. Il a peur. Il faut le comprendre : le mal qui lui fut fait est invisible, mais inguérissable.

En vérité, le cœur des hommes est semblable à celui de cet arbre prodigieux : empli de richesses et de bienfaits. Pourquoi s'ouvre-t-il si petitement, quand il s'ouvre ? De quelle hyène se souvient-il ?

Samba Gana
et la
Princesse Annalja

Il était une fois une princesse triste nommée Annalja. Le jour où son père mourut, vaincu au mauvais jeu de la guerre par le roi du pays voisin, Annalja déclara qu'elle n'épouserait jamais qu'un conquérant capable de lui apporter, en cadeau de mariage, quatre-vingts villages enchaînés à la selle de son cheval. Elle attendit donc cet homme rare. Elle l'attendit si longtemps qu'elle perdit le goût du rire, et s'enferma dans une mélancolie de plus en plus méchante. Il vint pourtant, le guerrier espéré. Il s'appelait Samba Gana. C'était un prince insouciant qui courait les chemins du monde en compagnie d'un chanteur de légendes nommé Bari. Un jour, au bord du Niger, Bari chanta devant son ami l'histoire d'Annalja. Samba Gana assis dans l'herbe écouta jusqu'au bout le chant, puis bondit sur ses pieds, les yeux brillants :

– Je veux épouser cette superbe princesse, dit-il.

Et ils s'en allèrent par les savanes et les forêts.

Maintenant voici Samba Gana devant Annalja la mélancolique. Il lui dit :

– Montre-moi les villages que je dois conquérir pour toi.

Sans sourire, l'air sévère et majestueux, Annalja désigne, de la pointe d'un couteau d'or, quatre-vingts villages sur une carte d'écorce.

– Je pars sur l'heure, dit Samba Gana. Je te laisse mon ami Bari, le chanteur de légendes. Il te distraira pendant mon absence.

Un an passe. Un matin Samba Gana revient et se présente sous les hautes murailles du palais d'Annalja. Fièrement dressé sur son cheval noir il rit au grand soleil. Il tient enchaînés à sa selle quatre-vingts princes vaincus. Annalja fait ouvrir ses portes. Elle accueille le conquérant, assise bien droite sur son trône, impassible.

– J'ai vengé ton père, j'ai soumis quatre-vingts

villages, lui dit Samba Gana. Pourtant tu ne souris pas. Pourquoi ?

Elle répond :

– Parce que Bari le chanteur de légendes m'a conté l'histoire du serpent Issa Beer. Le serpent Issa Beer vit près de la source du Niger. Si tu parviens à le soumettre je sourirai, oui, je rirai comme toi.

Samba Gana s'en va dans la montagne. Bari cette fois l'accompagne. Ensemble ils traversent les neiges éternelles. Les voici dans le gris du ciel et le blanc très pur de la cime. C'est là que vit Issa Beer, le serpent aux naseaux fumants, au corps immense et ondulant, couvert d'écailles de cuivre rouge. Ses crocs sont longs comme des défenses d'éléphant. Sous son front plat ses yeux luisent comme des feux de camp. C'est une bête colossale. Dans sa gueule ouverte pourraient entrer deux buffles traînant un chariot. Samba Gana, dressé sur son cheval noir, tenant d'une main les rênes, de l'autre brandissant sa longue lance, chevauche sur la montagne déserte et livre bataille. Pendant huit longues années il se bat. Il brise huit cents lances et quatre-vingts sabres de fer sur les écailles du monstre. Enfin la dernière lame s'enfonce jusqu'à la garde dans la carcasse d'Issa Beer, et le sang coule sur la neige. Issa Beer se soumet. Alors Samba Gana tend son arme à Bari son compagnon :

– Va la déposer aux pieds de la princesse Annalja,

dit-il. Dis-lui que j'ai soumis le serpent Issa Beer. Et
vois si enfin elle sourit.

Bari s'en va, dévale la montagne, traverse la plaine,
parvient au palais d'Annalja, dépose le sabre devant le
trône, aux pieds de la princesse mélancolique. Mais
Annalja ne daigne pas sourire.

– Samba Gana a-t-il vaincu Issa Beer ? dit-elle.

– Samba Gana a vaincu Issa Beer, répond Bari.

– Va lui dire qu'il ramène ici ce serpent fabuleux. Je
veux le voir enchaîné au pilier central de mon palais.

Elle se détourne. Bari s'en va. Il porte à son ami ces
paroles sèches. Samba Gana sur la montagne éclate
d'un rire énorme.

– Elle me demande trop, dit-il.

Il prend son sabre à deux poings, il l'enfonce dans
sa poitrine, tombe sur les genoux et dit adieu au
monde. Il est mort, le héros. Samba Gana est mort.
Alors Bari le conteur de légendes ramasse le sabre et
s'en retourne au palais d'Annalja. Et devant la princesse il dit :

– Cette arme est tachée du sang de Samba Gana. Il
est mort en riant. Il est mort pour toi qui n'as jamais
souri.

Annalja ne dit mot. Elle sort dans la cour, elle monte
sur son cheval. Elle s'en va aux sources du Niger, ame-
nant avec elle son peuple. Elle retrouve le corps de

Samba Gana poudré de neige. Huit mille hommes creusent son tombeau. Au-dessus de lui ils construisent une pyramide si haute qu'elle dépasse les cimes des montagnes alentour. À l'aube claire Annalja grimpe au sommet de cette pyramide.

– Maintenant, dit-elle, regardant le soleil, le tombeau de Samba Gana est aussi grand que son nom.

Alors elle rit. Elle rit pour la première fois depuis sa lointaine enfance. Et elle meurt en riant, elle aussi. En riant elle rejoint Samba Gana. Ensemble ils s'en vont, en courant comme deux enfants, loin des murailles trop étroites de la vie, dans les vastes espaces de l'éternité.

L'Homme, la Femme et l'Être d'ombre

Aux premiers temps du monde était un homme seul. Il n'avait pas d'ancêtres. Personne ne vivait sur la Terre avec lui. Personne ne lui disputait les sources, elles n'avaient jamais reflété d'autre visage que le sien, ni la forêt, elle était toute à lui. Il était libre d'aller ou de ne pas aller, d'oublier Dieu ou de l'entendre, de dormir après le lever du soleil, de manger à minuit. Pourtant il n'était pas heureux. Son cœur sans cesse le fuyait comme un animal apeuré.

Un jour, tandis qu'il cheminait sous les feuillages, une pensée lui vint si vivement qu'il resta planté au milieu des broussailles, la bouche grande ouverte. « Quelqu'un manque à ma vie », se dit-il. Aussitôt apparut sur son chemin un être pétri d'ombre. Il était large et haut. Il dit à l'homme :

– Donne-moi ta main droite.

L'homme tendit la main et l'Ombre l'entraîna.

Ils marchèrent longtemps parmi les arbres. Des oiseaux les accompagnèrent, des bêtes furtives. Vint le soir, puis la nuit. Ils marchèrent encore. Comme le soleil du matin illuminait la crête des buissons, ils parvinrent au bord d'une clairière. Là était une cabane. Une femme sortit sur le pas de la porte. Elle regarda l'homme. Ses yeux brillèrent. Il s'avança vers elle. Il n'avait jamais osé imaginer une créature aussi belle. Il voulut lui dire qu'elle l'émerveillait. Il ne sut que sourire et gémir doucement. Un moment ils restèrent face à face à se contempler, puis l'Être d'Ombre vint entre eux, toucha du doigt leurs lèvres closes, donna ainsi sa voix à l'un, sa voix à l'autre. Après quoi il se dissipa comme une fumée sans parfum.

Jusqu'aux premières pluies l'homme vécut heureux auprès de sa compagne qui se plaisait à rire et à jouer avec lui. Puis un jour que le tonnerre roulait au loin sous le ciel bas il ressentit une souffrance imprécise, une pesanteur vague, une mélancolie. La femme voulut le caresser pour soulager sa peine, mais sa bouche et ses mains se mirent à trembler sans oser se poser sur le corps nu près d'elle. Elle pensa : « Quelque chose manque à notre vie », mais elle ne sut trouver quoi. Elle sortit sous l'auvent et regarda tomber l'averse. Pour la première fois des larmes lui vinrent aux yeux. Alors devant elle apparut l'Être d'Ombre. Il l'entraîna dans la cabane. Il la fit se coucher près de son compagnon. Il effleura leurs ventres. L'homme sut aussitôt quel était son désir, la femme sut comment le guider et l'assouvir. L'Être d'Ombre s'en fut sans qu'ils s'en aperçoivent.

Quand revinrent les jours ensoleillés, la brume demeura dans les yeux de l'épouse. Ses gestes peu à peu s'alanguirent. Son rire se perdit en rêveries. Ses seins durcirent, ses hanches s'arrondirent, son nombril se gonfla. Et l'homme s'inquiéta. Il ne savait que faire. Il s'en alla courir les sentiers, chercha partout, dans les trous de la terre, à la cime des arbres, celui qui les avait instruits. Il n'en vit pas la moindre trace. Le soir, quand il revint fourbu à la clairière, il le trouva assis au chevet de sa compagne. Entre eux, dans un berceau de feuilles, était un nouveau-né.

– Homme, dit l'Être d'Ombre, voici ton premier fils. J'ai accouché ta femme. D'autres enfants naîtront de son ventre. Le prochain sera mien. Il en sera ainsi désormais. Sur deux enfants venus vous aurez l'un, moi l'autre. Tel sera mon salaire pour le savoir que je vous ai donné.

L'homme lui demanda :

– Qui es-tu, Être Obscur ?

– Je suis la Mort, répondit l'Ombre.

Vint le jour où la femme mit au monde une fille. L'homme la prit au creux des bras, caressa du doigt son visage, lui sourit et se souvint tout à coup qu'il l'avait promise à la Mort. Il s'effraya. Il s'en alla fermer la porte, revint à son épouse. Il vit qu'elle pleurait.

– C'est mon enfant, dit-elle. Je ne veux pas la perdre.

L'homme lui répondit :

– Nous ne la perdrons pas. Elle est belle. Ses yeux, déjà, nous aiment. Je la défendrai.

Dès la nuit il s'en fut la cacher dans un nid de buissons. Ils la nourrirent en secret.

Vinrent de nouvelles saisons. D'autres enfants naquirent. L'homme bâtit pour eux une hutte en un lieu où ne menait aucun chemin. La Mort de temps en temps passait par la clairière, et ne voyant jouer sous l'auvent que le premier-né, elle ne demandait rien.

Or un jour, comme elle errait au hasard du sous-bois, taciturne et solitaire, elle entendit des cris et des rires sous un rayon de soleil tombé des hauts feuillages. La Mort à pas de mort s'approcha, vit des enfants heureux, dans l'herbe, qui jouaient. Sa tête se pencha sur sa poitrine et son dos se courba. Elle se sentit lasse et triste infiniment.

– Homme et femme, gronda-t-elle, j'avais voulu la paix entre nous, et la voilà brisée. Soyez maudits, vous qui m'avez trompée. La forêt désormais sera votre ennemie, et je ne prendrai pas la moitié de vos enfants mais tous, et vous avec. Vous me craindrez partout. Je viendrai à mon heure, invisible, muette. Ô vous que j'ai aimés, je vous ferai douter de l'amitié de Dieu.

La Mort depuis ce temps est sur tous les chemins. Personne ne l'évite. Si ce n'est pas sous telle lune, c'est sous une autre qu'on la rencontre. Même à qui sait l'attendre elle est toujours nouvelle.

Histoire
de Bitiou
(Égypte ancienne)

Bitiou est un jeune paysan égyptien. Un soir, au crépuscule, comme il ramène son troupeau à la ferme, la
vache qui marche en tête tout à coup s'arrête devant la
porte de l'étable et se met à meugler. Bitiou comprend
son langage car la sagesse d'un dieu est en lui. Elle dit :

– Ton frère Anapou est là derrière la porte. Il tient
un couteau dans sa main. Il veut te tuer.

Bitiou voit en effet une ombre longue sur le seuil.
Aussitôt il lache son bâton et s'en va en courant, les bras
au ciel. Anapou surgit au soleil couchant, bouscule le

troupeau de vaches et poursuit Bitiou en hurlant. Alors entre eux déferle un torrent infranchissable, un torrent surnaturel. C'est le dieu-soleil qui les sépare ainsi, car il ne veut pas que les deux frères s'entre-tuent. Anapou s'arrête au bord de l'écume tourbillonnante et crie :

– Je t'aurais tué, Bitiou, si j'avais pu, car tu as voulu abuser de ma femme.

Bitiou répond, sur l'autre rive :

– Si ta femme a dit cela, elle a menti. Maintenant nous ne pourrons plus jamais vivre heureux dans la même maison. Je dois partir. Ne m'oublie pas, frère Anapou. Et si tu vois un jour l'eau se troubler dans ton verre, tu sauras qu'il m'est arrivé malheur.

Anapou revient à la ferme en pleurant amèrement.

Bitiou s'en va sur les chemins d'Égypte, lui aussi accablé de chagrin. Son cœur douloureux lui pèse tant qu'un jour, parvenu dans une vallée lointaine, il l'arrache de sa poitrine et le cache dans un acacia. Alors Knum, le dieu-potier, qui vivait en ce temps-là parmi les hommes, Knum voyant le pauvre Bitiou si malheureux, si solitaire, le prend en pitié et fabrique pour lui une jeune femme en argile vivante. Elle est belle, elle sent bon ! Quand elle lave ses cheveux, elle parfume toute la rivière. Bitiou la regarde et la respire avec ravissement. Un jour comme elle lui demande pourquoi elle n'entend pas le moindre battement dans sa poitrine, il lui montre la cachette de son cœur : l'acacia. La femme d'argile vivante rit comme une enfant et s'en va en courant sur le chemin ensoleillé. Elle court jusqu'au palais du pharaon. Elle est si belle, elle est si parfumée que le pharaon tombe aussitôt amoureux d'elle.

– Je serai ton épouse, lui dit-elle, si tu abats pour moi un arbre.

Elle le conduit devant l'acacia où le cœur de Bitiou est caché. Pour plaire à la femme d'argile vivante le pharaon ordonne qu'on l'abatte. À l'instant où il tombe dans un grand gémissement de branches brisées, Bitiou meurt. Alors dans une ferme lointaine, son frère Anapou emplit son verre d'eau, et l'eau, dans le verre, se trouble. Aussitôt Anapou prend son bâton de pèlerin et quitte sa maison.

Il parcourt l'Égypte pendant sept longues années, cherchant partout le cœur de Bitiou. Il le découvre enfin dans le fruit d'une jeune pousse d'acacia. Anapou le prend au creux de sa main, et pour le ranimer souffle doucement sur lui, puis le plonge dans une source fraîche. Alors un taureau majestueux d'une blancheur immaculée surgit de l'eau, tout ruisselant d'écume. Ce taureau, c'est Bitiou. Il mugit au soleil et s'en va lentement au palais de la reine, son ancienne épouse d'argile vivante. Il entre dans la cour, il fait sonner ses sabots sur les dalles. La reine se penche à sa fenêtre,

le voit, le reconnaît. Elle pousse un cri de terreur, elle court chez le pharaon, tremblante et pâle. Elle lui dit :

– Je veux que tu sacrifies pour moi ce taureau blanc qui piaffe dans la cour du palais.

Le pharaon fait égorger le taureau blanc. Du sang répandu sur le sol naissent deux lauriers en fleur. Deux lauriers dont les feuillages, agités par le vent, murmurent en langage humain. Ils parlent à voix paisible de la beauté de la vie. Mais la reine d'argile ne peut supporter de les entendre. Elle les fait abattre et regarde, droite et fière, les bûcherons à l'œuvre. Au premier coup de hache un petit éclat de bois cogne contre son front. Au deuxième coup de hache un copeau frappe sa poitrine. Au troisième coup de hache une écharde se fiche dans sa lèvre. Elle mord la goutte de sang qui perle. Aussitôt elle sent dans son ventre bouger un fils. Bientôt elle met au monde celui qu'elle a tué trois fois : Bitiou, qui fut un homme, un taureau blanc, un laurier murmurant. Il est maintenant un enfant nouveau-né. Elle le nourrit, et passent les années. Enfin vient le jour où celui que l'on appelle désormais « le trois-fois-vivant » monte sur le trône des pharaons. Alors la reine d'argile se défait et se disperse comme la poussière des chemins.

Ainsi finit l'histoire de Bitiou, que l'on racontait sur les places publiques, il y a quatre mille ans.

Table des matières

Du même auteur

Aux Éditions du Seuil

Le Grand Partir, 1978, et « Points Roman » n° R537

L'Arbre à soleils, 1979, et « Points » n° P304

Le Trouveur de feu, 1980

Bélibaste, 1982, et « Points » n° P306

L'Inquisiteur, 1984, et « Points » n° P66

Le Fils de l'ogre, 1986, et « Points » n° P385

L'Arbre aux trésors, 1987, et « Points » n° P361

L'Homme à la vie inexplicable, 1989, et « Points » n° P305

L'Expédition, 1991, et « Points Roman » n° R575

Départements et Territoires d'outre-mort, 1991,
et « Points Roman » n° R456

L'Arbre d'amour et de sagesse, 1992, et « Points » n° P360

La Bible du hibou, 1994, et « Points » n° P78

Les Sept Plumes de l'aigle, 1995

Le Livre des amours, 1996

Les Dits de maître Shonglang, 1997

Paramour, 1998

Le Rire de l'ange, 2000

Chez d'autres éditeurs

La Chanson de la croisade albigeoise, Le Livre de Poche,
coll. « Lettres gothiques », 1989

Les Cathares et l'éternité, Éditions Bartillat, 1996

Paroles de chamans, Albin Michel, 1997

Dans la même collection

Contes du Pacifique,
texte de Henri Gougaud, illustré par Laura Rosano, 2000

Histoire des trois souhaits et autres contes,
texte de Isaac Bashevis Singer, illustré par François Roca, 2000

Photogravure Prodima en Espagne

Imprimé chez Proost en Belgique